津本 陽

信長の傭《よう》兵《へい》

実業之日本社

実業之日本社文庫

一

根来《ねごろ》西坂本に三千余の堂宇をつらねる根来寺は、ひぐらしの声に包まれていた。

八月もなかばを過ぎ、ひと雨が過ぎるたびに気温が下がってゆく。朝夕は吐く息が白く見えるほど、風が冷たくなった。

総数八千とも一万ともいわれる僧兵は、長髪を背に垂らし、高下駄《たかげた》をはいて山内を闊歩《かっぽ》している。寺中諸坊では、金銀の飾りも派手やかな籠手《こて》、腹巻をつけた僧兵が、稽古槍《けいこやり》、薙刀《なぎなた》、木太刀《きだち》をふるい、合戦取りあいの稽古をしていた。

彼らの裂帛《れっぱく》の気合いが、秋天にひびく。寺域の外の小松山に設けられた角場《かくば》（射撃場）では、早朝から遠雷のように銃声がとどろきわたっていた。

津田監物《けんもつ》は、兄の杉ノ坊覚明《かくみょう》の屋敷で日を過ごしていた。

「小倉（和歌山市）の家へは、去《い》なんのかえ」

覚明が聞くと、監物は笑った。

「去なんよ。金子《きんす》は使いきれんほど遣《や》ってるさけにのう。むこうも、めったに帰らん亭主がたまに顔見せたら、かえって気ぃつかうやろ。子ぉらも、懐《なつ》こまい。もう十五、六年ほどは、家に去んでないさけにのう」

種子島《たねがしま》へ鉄砲を買いつけに出向いたのは、天文十二年（一五四三）の九月である。いまは永禄《えいろく》二年（一五五九）八月である。

三十路《みそじ》を過ぎたばかりで種子島へおもむいた監物も、五十に近い年頃である。

覚明は笑った。

「お前も好き放題に世渡りする男やが、おきたとは長いこと続くのう。金に不足することないさけ、京都二条辺りの遊び女《め》でも妾《めかけ》にできるのに、おんなし女子《おなご》ばっかり相手にひて、よう飽きんものやのう。まあ、おきたはええ女子やけどよ。あれほどの眉目《みめ》のええ女子は、根来の茶屋女のなかにでもいくらでもいてる。たまには、あたらしのと取りかえよし」

「そのつもりになりゃ、するがのう。あやつはまあしばらく、置いといちゃろかえ」

「年も、もう若うないやろ。三十二、三か」

「そやけどのう。儂《わし》とはなんとなく性《しょう》が合うてるんよ」

「まあ、そらお前の勝手やが」

根来衆随一の精鋭といわれる、杉ノ坊の僧兵を率いる覚明の権勢は、寺内で肩をならべる者もいないほどであった。

寺内では諸国大名の要請をうけた僧兵の部隊が、毎日のように出陣してゆく。

覚明はいう。

「諸国からの傭《やと》われ仕事は、絶え間もないさけ、皆忙しわのう。金銀がありすぎて、使い道もないのに欲深い奴原《やつばら》や。酒食に飽いてるのに、寺坊のあいだで所領争いも絶えんわえ。矢疵《やきず》、刀疵で死ぬ者がいてる。ほんま根来者は、合戦が好きやろのう」

根来の町は、僧兵が気前よく落してゆく金銀でうるおい、茶屋、飯屋が軒をつらね、厚化粧のなまめかしい遊女たちも数多く、道をゆく飄客《ひょうかく》を、けたたましい声で呼んでいた。

「上《かみ》の池へ鮒《ふな》釣りに行くか。紀の川へ鮠《はや》釣りに行くか」

「どっちでもええき。わたいは旦那《だんな》と寝てるのがええがのう」

監物は笑う。

「ほんまにそうやなあ。お前は男を楽しませるために、生れてきたよな女子じゃ。お前といっしょにいてるときゃ、おおかた閨《ねや》のなかじょ。ほんまに腎気《じんき》強いわなあ」

「何をいうとるんよ。腎気の強いのは旦那のほうじゃき。わたいはそげな旦那に惚《ほ》れとるけん、離れられんのよ」

監物は釣竿《つりざお》を担ぎ、おきたといっしょに外へ出た。

門前町のにぎやかな通りへ出ると、茶屋の客引きが声をかけてくる。監物を見知っている老女がいった。

「あれは杉ノ坊の弟御や。ここらの茶屋へあがりこむよな、お人でないよ」

むこうから僧兵たちがやってくる。

大勢の男女がまわりに集まっていた。

「何じゃ、何をひてるんや」

監物が背伸びをして眺める。

僧兵たちは、戸板に載せた怪我人を運んできた。

「また仲間喧嘩《げんか》か」

監物は眉《まゆ》をひそめた。

戸板にあおむきに寝た若い僧兵は、額に矢を射込まれ、晒《さらし》で包帯されていたが、もはや意識はなく、瞳孔《どうこう》がひらいていた。

「息があがりかけてるなあ。鯉か鮒みたいに口あけて、ぱくぱくと息ひてるが、もう手のほどこしようもなかろ」

額にくいいった鏃《やじり》を取りだそうとすれば、たちまち死ぬので、外科の治療をおこなうすべもない。

「かわいそうにのう。あと半刻（一時間）も保《も》つまいのう」

合戦では、首から上と、腹を射られた者は助からない。

たとえ息があっても、しだいに弱って死ぬのである。

「空は晴れて、ええ天気や。赤とんぼも浮いてるが、あの若衆は、もうこの世の景色を見られやん」

二人は、根来寺の門前から紀の川のほうへ歩き、野中の大池の畔《ほとり》へ出た。

「あの柳の根方がよかろ。陽にあたったら疲れるさけにのう」

おきたは魚釣りに慣れていたので、手際よく釣針にみみずをつける。

竿を鳴らした監物は、水面に立った浮子《うき》を見つめる。

「小《ち》っさい時分から、こうやって鮒釣りにきたもんじょ。親父が討死にひて、兄《あに》さんが杉ノ坊へ入ったあとは、ひとりで冬のさなかでも、池の側《かわ》へ坐《すわ》って釣ったんよ」

　浮子が動いた。

「鮒がきたのう。いまは餌をばっついて、様子見てるんや。ここらの鮒は用心深いのよ。よう釣られるさけのう」

　いううちに、浮子がまっすぐ沈んで浮く。

「このつぎ引いたら、あげるんや」

　浮子が沈んだ。監物は動きに合わせ、巧みに竿をあげる。

「かかった、かかった。おきた、手網《たも》や」

　獲物は竿先をしなわせ、逃げまわる。

「せっかくかかったのを、糸切らひたら何にもならんよ」

　監物は巧みに竿をあやつり、足もとへ獲物を引き寄せてきた。

　おきたが手網をさしだし、大きな鮒をすくいあげた。

「大《お》っきいのう。一尺（約三十センチ）あろかえ」

　監物ははねまわる鮒をおさえ、針をはずした。彼は鮒をそのまま池へ投げこむ。

「二度と釣られんなよ」

おきたが釣針に餌をつけた。

「殺生《せっしょう》をするのは、陣場だけでええよ。生きもの殺すのにゃ、飽いてるさけのう」

監物は、戦場で眼にした屍体《したい》を思いうかべる。

銃弾をうけた屍体は、大孔《おおあな》があいている。刀槍《とうそう》をうければ、斬られた疵口が牡丹《ぼたん》のはなびらのようにひらいていた。

「まあ、鉄砲殺生ひてるさけ、お前と栄耀《えいよう》な暮らしもできるんやがのう。死んだらどこへ行くか分らんが、もし地獄があるんなら、まちがいなしにそこへ行くよ」

監物は、戦場往来をかさねた者の眼が、異様な光を帯びるのを知っている。

殺人をかさねた者の眼つきは、自然に獣のように変ってくる。常に周囲をうかがう野獣の、猜疑心《さいぎしん》もあらわな眼差しである。

監物は、鏡でわが顔を眺めることがあった。両眼は血走り、光っていた。

「お前も、海賊の仲間やったときにゃ、人を殺ひたことあったやろがえ」

「ないこともなかったぜな」

おきたは曖昧《あいまい》な笑みをうかべる。

彼女が海賊の一味であった頃は、衆人環視のなかで男と媾《まぐわ》いをするのも構わない、すさんだ日常であった。

監物は池の面に立つ、鶏の羽根でこしらえた白い浮子を眺めつつ、考える。

――儂はおきたといつでもいっしょに暮らひてるが、離れたら淋《さむ》しいのはおたがいや。いや、しかし、死んだら淋しいも何もないわのう。あの世へ旅立つときはひとりや。いや、旅立つとかいうよなことは何にものうて、いつまでも寝てるよなもんかのう――

監物は僧兵のひとりが、敵勢に攻め寄せて行き、筋冑《すじかぶと》に鉄砲玉をうけ気絶したときのことを思いだした。

僧兵は三日間、気を失っており、目覚めたとき、枕頭《ちんとう》に集まった仲間を見てたずねた。

「お前ら、なんでここにいてるんよう」

彼は冑に銃弾が命中したときの直前までのことは覚えていたが、その後の記憶はまったくとぎれていた。

監物はそののち、人が死ぬことは何の意識もなくなることかも知れないと、思うようになった。

彼はときどき、おきたにいった。

「わいが死んだら、お前はそのあとひと月も経たんうちに、ほかの男を抱いてよかえ」

おきたは動じることなくいった。

「わたいはそげなことはせなあよ。旦那のあとを追うて死ぬか、尼になるきに」

監物は笑っていう。

「嘘つけ。お前のような男を好きな女子が、なんで尼になるんよ。お前はひとりの男にとりついたら、梃《てこ》でも離れんが、そやつが死んだら、じきにほかの男にくらいつく、小判鮫《こばんざめ》みたいな性《しょう》の女子じょ」

「それは、旦那がそう思うてるだけじゃねや。わたいは旦那がおらんようになったら、男を断つちゃ」

おきたは監物に柔順で、いかなる危険にもためらわず立ちむかう。

大鮒を三匹と、小亀を一匹釣りあげたとき、池の土手に杉ノ坊の僧兵が駆けあがってきた。

「お頭《かしら》はここかのし」

「おう、ここじゃ。なんぞ用事かえ」

「雑賀《さいか》の鈴木孫一と土橋《つちはし》平次が、領分争いで喧嘩をはじめてのし。土橋の家来が合力《こうりょく》をば頼みにきてるんで、お頭を呼んでこいと覚明はんがいうてなはるんよし」

「分ったよ、すぐ行くよ」

監物は竿を納め、おきたの手を引き杉ノ坊へ帰った。

覚明は書院にいた。縁の下の地面に、墨絵の虎を描いた麻羽織をつけた侍が、坐っていた。

「何事よう」

監物が聞くと、覚明が答えた。

「雑賀の土橋が、鈴木と喧嘩ひてるんよ。どっちもまともに遣《や》りあう気ぃはないさけ、小競りあいひてるんやが、うちも土橋とは縁があるさけ見舞いを出さんならん。お前が十人ほど連れて、行てくれるかえ」

「そげなこと、放っときゃええんじょ。そうもいかんのかえ」

覚明は苦笑いをして、うなずく。

「そうかえ、ほや中之島《なかのしま》の土橋構《がまえ》の留守番になと、行かよう。鉄砲の撃ちあいならするけど、斬りあいまではやらんぞ」

「それでええよ。儂《わし》の顔立てちゃってくれ」

覚明は片手で拝むまねをした。

監物は、さっそく支度にとりかかった。彼はおきたにいう。

「お前はここにいてよ」

「なんでじゃ。わたいも行くき、連れてくりよう」

おきたは自分の具足櫃《ぐそくびつ》から、腹巻、籠手、佩楯《はいだて》を持ちだし、身支度をはじめた。

「仕方ないのう。二匁《もんめ》五分玉筒を持っていけ」

監物は、配下の根来衆のうち、組頭と小頭を十人選んだ。

「皆、六匁玉筒を持っていけ。弾丸《たま》は茶筅玉《ちゃせんだま》と千人殺しじゃ」

茶筅玉は、狙撃《そげき》用の弾丸で、千人殺しは名の通りバラ玉である。

「歩くのも面倒くさい。馬で行こら」

監物、おきたと十人の根来衆は、紀の川の堤沿いに雑賀荘へむかった。

紀の川河口の中之島にある土橋城に着くと、土塀、櫓《やぐら》に幟《のぼり》、差物がつらなり、秋風にひるがえっている。

柵門《さくもん》の傍に二十人ほどの足軽がいて、鉄砲の筒口をこちらへむけている。

監物の前をゆく組頭が叫んだ。

「おーい、儂らは杉ノ坊から見舞いにきたんじゃ。監物さまがお越しやろう」

津田監物の名は、雑賀五緘《ごからみ》のうちに知れ渡っている。

柵門があけられ、冑をはずした若侍が出てきて迎えた。

「これは監物さまがじきじきにお越しかのし。ありがとう存じまするよし。私は平次の弟で小大夫《こだゆう》と申しますのよし」

「儂らはお構えのうちへ入れて頂《いた》あいて、警固の合力をさひて頂あくよし」

監物たちは、土橋城内へ入った。

「御大将は、どちらへおいでになったかのし」

「紀の川を渡って、鈴木の城へ攻めかけてる様子やよし」

「出勢のお人数は、どれほどかのし」

「およそ百人ほどよし」

やはり小競りあいである。土橋、鈴木の双方は、領分争いで示威行動をとっているのである。

雑賀年寄衆のうち、筆頭の地位にある両家が総動員をすれば、一万に近い軍兵《ぐんびょう》が集まる。

監物は配下の十人とともに、櫓に登った。

「土橋の衆は酉《とり》の刻（午後六時）には帰ってくるやろ。それまで、辺りを見張ってよら」

櫓は涼しい風が吹き抜け、心地よかった。

四方に畳を積みかさね、弾丸除《たまよ》けとしているが、敵影はどこにも見あたらない。

「畳のうえで昼寝ひたいがのう。そうもいかんか。お前ら、酒でも飲んでよ」

監物がいうと、おきたは馬の鞍《くら》にくりつけてきた酒樽《さかだる》とするめを、床に置いた。

「まあ、むこう岸へ敵が出てきたら、撃ち損じることはないわのう」

櫓から紀の川対岸までは、およそ二十間（約三十六メートル）ほどであった。

監物は酒をあおり、するめをかじるうち、妙な物音がするのに気づいた。

「あれは人声じゃなあ。気ぃつけよ」

監物たちは輪火縄《わびなわ》に点火し、鉄砲に弾丸硝薬を込めた。弾丸は茶筅玉である。

緒戦の撃ちあいで、敵の気勢をそがなければならない。相手は鉄砲の熟練者が揃っているので、百発百中の威力をあらわさなければ、おどろかない。

対岸を注視していた監物は、声をあげた。

「やっぱり鈴木の一党やなあ。仰山《ぎょうさん》きくさったのう。二百より多いろう。三百に近いか。これは、この構えを取りにきたんかのう」

監物は六匁玉筒を構える。

紀の川の土手に、大勢の軍兵があらわれ、鉄楯をつらね、いきなり鉄砲を撃ちかけてきた。

防壁の畳に鉛玉がくいこみ、埃《ほこり》が舞いあがる。監物がいった。

「さあ、撃つろう。狙いをはずすなよ」

彼は、馬標《うまじるし》のもとにいる頭分《かしらぶん》らしい人影を狙い、発射した。銃声が川面に跳ねかえると、楯のうえに見えていた上体が消えた。根来衆は、監物につづき発砲した。

六匁玉筒で発射する茶筅玉の威力はすさまじかった。鉄楯《てつだて》を貫通し、狙った敵はかならず倒す。

鈴木勢の弾丸は、櫓に集中してきた。

「皆、しばらく首出すなよ。一服ひたとこをついて撃つんや」

監物たちは巧みに撃ち返し、たちまち三十人ほどの敵を撃ち倒した。

敵陣から声が聞えた。

「退《ひ》け、退け。土橋の留守居は鉄砲巧者が揃うてるろう。無理に押ひていたら、半分《はんぶ》はやられるろう」

　鈴木勢は土手を下り、引き揚げていった。

　土橋小大夫が櫓に登ってきて、礼を述べた。

「ありがとう存じまするよし。監物殿のおかげで、構えを乗っ取られんと済んだよし。お礼の言葉もないよし」

　その夜、土橋平次は百人の兵とともに帰城した。

「鈴木孫一めと、途中で行き違うてしもてのう。あやつは、儂の留守を狙いくさったんか。監物殿がいててくれたさけ、敵もびっくらこきくさったやろ。無駄玉撃たんさけのう。おおきによ。これはすくないけど礼心までに受けとっておくれ」

　平次は皮袋に入った砂金を監物の前に置いた。

　監物は重みをはかって、笑みを見せた。

「これはご丁寧なご挨拶《あいさつ》やのう。金銀はどれだけあっても多すぎるということはないよ。ありがたく頂くよ」

二

永禄三年（一五六〇）三月、河内《かわち》守護職畠山高政《はたけやまたかまさ》の急使が、根来寺に駆けこんできた。

杉ノ坊覚明が会うと、使者は告げた。

「阿波《あわ》より、三好義賢《みよしよしかた》が軍勢を引き連れて、兄の長慶《ながよし》とともに、攻め寄せてくる形勢なれば、なにとぞご加勢下され。根来衆と畠山は、切っても切れぬ縁がござれば、われらが主《あるじ》は、ただただ頼み参らせてござりまする」

「そうかえ。儂らがはたらくには、それだけの手当てをひて貰《もら》わんならんがのう。それは心得てくれてるやろのう」

「もちろんでござりまする。お望み通りの金銀をお渡しいたしまするほどに」

「三好を相手の戦《いくさ》なら、かなりむつかしかろうかえ。まあよかろう。まえに和泉《いずみ》で鬼十河《そごう》を辛《から》き目に遭わせてやったさかいのう。やってみるかえ。人数は大勢いるんやろなあ」

「さようにござります。鉄砲二千挺《ちょう》ほどで合力《こうりょく》願いたしと主は申しておりまするが」

覚明は即座に答えた。

「それは無理やのう。まあ千挺ぐらいなら、出せんこともなかろがのう。それでええかえ」

「かたじけのうござりまする。早速立ち帰り、主にさよう申し伝えまする」

使者は、馬腹を蹴《け》って駆け戻っていった。

覚明は近侍の僧兵に命じた。

「頭衆《かしら》をば呼び集めよ。せっかく青葉のええ時候になってきたのに、また合戦かえ。仕方ないのう」

監物は、鶯《うぐいす》のしきりに啼《な》く昼下がり、座敷でうたた寝していたが、おきたに起こされた。

「杉ノ坊からの使いがきたけえ、出向かにゃいかん」

「何の用じゃ」

「三好が河内の畠山を攻めるんじゃ」

監物は起きあがり、背をそらせ、あくびをする。

「何じゃ、そげな話か。三好と畠山の戦なら、長引くやろ。長慶と松永弾正《だんじょう》が出てくるさけのう。どっちも手のうちは分ってるんよ。あやつらも、根来衆の怖ろしさは知ってるよって、調略しにくるかも分らん。鳥目《ちょうもく》の多いほうへ就いたらええんじょ。まあ行てくるか」

畠山高政は、河内守護として統治の能力に乏しく、守護代に支配を任せていたが、三好長慶は河内支配の実権を手にするため、かねて機をうかがっていた。

高政は永禄三年正月、守護代を更迭《こうてつ》したが、その措置を不当と批判した長慶が、高政を攻めるのである。監物はその事情を知っていた。

杉ノ坊へ出向くと、大広間に頭衆が五、六十人ほど集まり、茶菓子をつまみながら声高に話しあっていた。

監物は、広間へ入ると覚明の傍に坐った。

「兄者《あにじゃ》よ、畠山に合力するんか」

「そうやのう。皆、乗り気になってるよ」

「まあ、鳥目しだいやさけにのう。こっちも命かかった仕事やさけ、軽々とは動けまいがのう」

頭衆たちが、監物に問いかけてきた。

「どうなえ、三好はこの頃鉄砲衆抱えてるんかえ。お前《ま》んは、長いこと三好の人数といっしょにはたらいてたさけ、よう知ってよがえ」

監物は干柿を口に入れ、嚙《か》みくだきながら答える。

「たいしたことないのう。まあ、雑賀からもちと傭《やと》われてるがのう。百か百五十挺ほどかえ」

「そうかえ。腕はどれほどのものよう」

監物は首を振る。

「淡路《あわじ》や阿波の者は、まだ鉄砲の使いかた知らんよ。雨降ったら、よう撃たんしのう」

「そげなもんか」

頭衆たちは眼を光らせ、うなずきあう。

「兄《あに》さんよ、畠山から何ていうてきたんよう。田辺《たなべ》の湯川に守護代をばやめさせたさけ、三好が注文つけてきたんかえ」

「そうよ、いいがかりや。長慶は河内を奪《と》るつもりじょ」

覚明が答えた。

紀伊牟婁《むろ》郡田辺の地侍、湯川直光《なおみつ》は、幕府奉公衆の家柄であった。紀州の南部では最強といわれる勢力をたくわえ、日高川河口の御坊《ごぼう》に城郭を構えていた。

鉄砲衆を多く召抱え、戦力はあるが田舎武士であったので、畠山の家来たちは直光を嘲《あざけ》って、その命に服従しなかった。

「なんにもわきまえのない、紀伊の山猿のいうことなんぞは、あほらしゅうて聞かれへんわい」

畠山高政は、家来たちの批判に従い、直光をわが養子として、分家筋の畠山宮《く》内少輔《ないしょうゆう》の家を継がせたのち、一族の安見直政《なおまさ》を後任の守護代とした。

三好長慶が、高政の措置を不当としてその非を鳴らすのは、河内を奪い取りたいためである。

守護代の任免は、守護職の正当な権利によっておこなわれるものであった。

頭衆たちはいう。

「四国衆は、また河内の十七箇所に陣取るやろうのう」

「そうやなあ。深野《ふこの》の大池をはさんで合戦になろかえ」

淀川《よどがわ》に近い十七箇所という土地で、根来衆は幾度か戦ってきた。

覚明がいう。

「三好義賢の名代で、息子が尼崎《あまがさき》へきたらしい。長慶と相談ひて、そのまま去《い》んでしもうた。国元で陣触れ出ひて、すくのうても一万の人数集めて、小荷駄ととのえて出勢ひてくるのは、早うても六月やろなあ」

頭衆たちはうなずきあう。

「そうか、また暑い時分に河内の野原を走りまわらんならんか」

「夏は疵病《きずや》みするさけ、かなわんのう」

彼らは歴戦の猛者《もさ》ぞろいである。

銃撃戦では、おびただしい人馬を殺傷してきた。

頭が砕けた陶器のようになった人間や、腹に拳《こぶし》が入るほどの孔《あな》があき、臓物のはみだした馬を、飽きるほど見てきた。

彼らの眼は、殺人をなりわいとしてきた者に特有の、異様なかがやきを帯びている。傭兵として各地を転戦してきた彼らは、根来にいるときにも、野性を失わない。

寺中諸坊では、領地の境界などの紛争により、弓鉄砲を持ちだしての喧嘩が、絶えることなく起こった。

戦に慣れた根来衆は、争闘からはなれた平穏な暮らしに、じきに飽きてくるのである。

監物は出陣支度の打ちあわせを終えたのち、屋敷へ戻った。

「おきた、また合戦に出ることになったよ」

「いつじゃ」

「まあ、この夏やなあ。お前も連れていくさけのう」

「分っちょるき。旦那をひとりで戦にやったら、わたいのほかに色女子《いろおなご》つくられるけん」

「そら、そうかも知れんわい」

監物はいうなり、おきたに脇腹を力まかせにつねられた。

根来衆は、翌日から忍びの者を堺《さかい》へつかわし、三好長慶の行動を探らせた。長慶は四月になると数千の兵を率い、河内十七箇所、榎並《えなみ》城を巡見し、兵庫に出て軍船で淡路炬《たけ》ノ口《くち》に渡った。

監物たちは、長慶が河内攻めの支度にとりかかったことを知った。

長慶は、炬ノ口城主安宅《あたぎ》冬康、阿波勝瑞《しょうずい》城の三好義賢の、二人の弟とともに炬ノ口城で出兵の相談をしているのである。

杉ノ坊覚明はいった。

「あやつらは兄弟で、河内を奪ったあとの分け前をどうするか、決めたにちがいないよ。長慶は戦のまえから、そげな算用するのが好きな男やさけにのう」

監物は合戦にそなえ、おきたとともに馬を責めに野外へ出た。

彼は二匁《もんめ》五分玉筒をたずさえてゆき、紀の川の河原につどう鴨を狙い、射撃をする。一発の無駄玉もなく、おきたに獲物を拾いに走らせる。

「毎日、酒の肴《さかな》に鴨ばっかり食うて、ちと飽いてきたのう」

監物は、おきたに笑いかけた。

「大きな筒持ってきて、猪でも撃とかのう」

猛夏の陽ざしが照りつけ、根来山を蟬の声が揺るがす六月末の朝、畠山の使者が汗馬に鞭《むち》うち、土煙をあげ根来寺へ駆け入った。

「三好義賢の四国衆が、およそ一万人、淀川を渡って河内十七箇所にあらわれ、野陣を張ってござりまする」

覚明が聞く。

「長慶本陣勢も、出張ひたか」

「さようにござります。高槻芥川《たかつきあくたがわ》城を、一万余人の人数にて出て、守口《もりぐち》に陣を置いてござりまする」

「よし、儂らは一両日のうちに出勢するさけ、御大将にそう言上ひてくれよし」

監物は、これまでともに戦ってきた三百人の根来衆とともに、出陣することになった。

鉄砲千挺、小荷駄をふくめ二千余人の根来衆は、七月初めの朝、露草を踏んで根来を離れ、河内へむかった。

高屋城へ出向くと、畠山高政はよろこんで出迎えた。

「ようきてくれた。十七箇所の南手の深野池は、今年は干あがったままじゃ。この城も危ないことになったゆえ、そのほうどもは、若江の城を固めてくれ」

「分ったよし。できるだけ、やりますらあ」

深野池は、いまの門真《かどま》市、大東市、東大阪市の境にあった、長さが約十キロメートルの細長い湖である。

「深野池が干あがったら、戦は負けと決まったようなものやのう。危ないときにや、逃げ足を早うせなあかんぞ」

全軍を指揮する覚明は、早くも敗北を予知していた。

若江城に入ると、曲輪《くるわ》を固める畠山勢は五千人ほどいたが、戦意はなかった。

城将は監物たちにいった。

「あれを見よ。深野池は河原となってしもうた。まっすぐ押してこられりゃ、この城のいっち弱い搦手口《からめてぐち》を破られようぞ」

城将は、具足をつけたおきたを見ておどろく。

「これは、女子ではないか。根来衆には女武者もおるのか」

監物は、おきたとともに櫓に登り、敵陣を眺めわたす。

「おきたよ、二万の人馬ちゅうのは、こげなもんじょ」

監物は、薄原《すすきはら》のように旗差物が揺れる三好の陣所を指さす。

戦場に慣れたおきたは、おどろかない。

「旦那よ、いまから逃げ道を考えとかにゃ、いかんぜよ。ここから玉串《たまくし》（大阪府東大阪市）へ逃げて、飯盛山《いいもりやま》へ入りゃ、命は助かるじゃろう」

監物は、笑みを洩《も》らした。

「お前も、陣場の数かさねたさけ、読み巧者になってきたのう。その通りじょ。逃げ道は、そこしかないよ。畠山から鳥目《ちょうもく》をば仰山貰《ぎょうさん》うてるさけ、鉄砲で敵をば痛めつけちゃらないかんけど、あんまり腰据えたら逃げ遅れるよ。三好の奴らは戦機の変り目を読むのがうまいさけ、一気に押してくるさけにのう」

日が暮れると、干潟《ひがた》となった深野池へ、三好勢の人馬があらわれ、足場を試しはじめた。監物は、部下たちにいう。

「明日は攻めてくるろう。瀬踏みにきた奴らを、そのまま逃がすな。一発燻《くす》べちやれ」

宵闇のなかでうごめく敵兵にむかい、根来衆が発砲しはじめた。

狙撃は正確であった。敵兵は狼狽《ろうばい》して逃げ走るが、将棋倒しに撃ち倒される。

根来衆の若者たちは無駄のない動作で鉄砲を操る。

「これだけ脅しといたら、我責《がぜ》めに押ひてこんやろかえ」

監物は、硝煙のにおいのなかで、精気に満ちた声音であった。

翌朝明け六つ（午前六時）、三好勢は鬨《とき》の声をあげ、いっせいに深野池を渉《わた》ってきた。根来衆の千挺《ちょう》の鉄砲は、筒先をそろえ、待ちかまえている。

根来衆の火力の怖ろしさを知っている三好勢は、弾丸《たま》除けの竹束を押したて、ゆっくりと進んできた。

根来衆の戦法は決まっている。三十匁玉筒で竹束を吹きとばしたのち、狙撃をするのである。

千挺の鉄砲が三組に分れ、咆哮《ほうこう》すると、三好勢は正面からの攻撃をやめ、左右から襲いかかってきた。

覚明が喚《わめ》いた。

「それ逃げよ。飯盛山へ退け」

根来衆は鉄砲を担ぎ、砲車を曳《ひ》き退却してゆく。

城兵たちも持場を捨て、潰走《かいそう》する。監物たちは、大和《やまと》川を渡った玉串の辺りで、敵に追いつかれた。

円陣をつくり、鉄砲をむける根来衆を見た敵勢は、襲いかかってこなかった。

監物たちは、屍体の散乱する戦場を無事に退き、飯盛山城に入った。

城内には、前線から退いてきた敗兵が充満していた。疵の手当てを受けつつ、息を引きとる者も多く、泣き声、読経の声が周囲に満ちていた。

監物は山頂から、麓《ふもと》に渦巻く敵味方の動きを見下ろす。おきたがいう。

「味方がやられてるのう。大負けじゃ」

三好勢は、前途に立ちふさがる畠山勢を掃蕩《そうとう》しつつ、南へむかってゆく。

七月七日には八尾《やお》を奪われ、十九日に長慶は剛琳《ごうりん》寺（大阪府藤井寺市）に本陣を置く。飯盛山城にたてこもる、元守護代の安見直政は、覚明に頼んだ。

「二、三日うちに足軽勢を出して、高屋城を囲む三好の陣所を打ち破りたい。御辺は加勢してくれ」

覚明は応じた。

「あい分ったよし。こげな難儀なときに、山のうえで高みの見物ひてるわけにもいきまへな。やりまひょら」

根来衆二千人は、足軽勢五千人とともに山を下りた。

「三段撃ちするぞ。分ったなあ」

根来衆は先頭に出て、雲霞《うんか》の敵勢を目前にすると、立射ちで耳朶《じだ》をふるわす轟音《ごうおん》とともに射撃をはじめた。

三百挺が交互に狙撃すると、三好勢はたちまち陣形を崩し、逃げ走る。

「それ、いまじゃ。押して出よ」

足軽勢が鬨の声をあげ、突撃した。

覚明は根来衆に下知《げち》した。

「いまが退きどきや。これだけはたらいたら、義理も立ったさけ、根来へ去《い》ぬろ。早う逃げやな、巻き添えくらうぞ」

足軽勢は大窪《おおくぼ》（大阪府八尾市大窪）まで攻めこみ、高屋城との連絡に成功するかに見えたが、四方から押し寄せる三好実休《じっきゅう》の軍勢に取り巻かれ、おびただしい死傷者を戦場に残し、退却した。

監物たちは、円陣を組んだまま、整然と戦場から退いていった。

三

八月になると、烈日に照りつけられ、燃えるような熱気にかげろうをゆらめかせていた河内の野に、秋雨が降るようになった。

朝夕のにわか雨が通りすぎたのちは、野山に蒸気が立ち、耐えがたい暑気が戻ってくるが、やがて終日ゆるやかな雨脚がやむこともなくつづくようになると、涼風が吹きかよい、気温が下がった。

監物とおきたは、二千人の根来衆とともに紀州へ帰陣していたが、三好、畠山両軍の戦闘の状況は、飯盛山城へ残してきた物見たちの注進により、逐一知っていた。

八月十五日の夜、物見二人が戻ってきて告げた。

「昨日の朝、くらがりのうちに飯盛山から城下の堀溝《ほりみぞ》（大阪府四條畷《しじょうなわて》市）まで、安見の足軽衆が三千人ほど押ひて出て、高屋に後巻きしようとひたんやけどのし。どうにもならなんだのし」

監物は、杉ノ坊覚明らとともに聞く。

「大分、やられたかえ」

「そうやのし。戸板やら牛車に乗せらえて帰ってきた死人は、五、六十人ほどやったのし。怪我人は二百人ほどで、おおかたが刀疵《かたなきず》、槍《やり》疵やったのし。十日ほどまえの取りあいのときも、百人ほど首取られてのし。高屋の城へ後巻きするのは、とても無理やろよし。この暑さで、深手を負うた者は疵口が腐ってくるし、ばたばた死んでいくのよし」

安見直政は五千余の兵力で、二万を超える三好勢に果敢な攻撃をくり返し、高屋城の畠山高政を救援しようと焦っていたが、戦況は監物が見た通り、急速に悪化していた。

三好勢の本隊は八尾から南下して、高屋城に迫っているが、別手の一隊が石川郡《ごおり》（大阪府富田林《とんだばやし》市）に入り、八月六日には高屋城の南に進出した。

高屋城の士卒は動揺した。三好側からすかさず誘降の調略がおこなわれ、木沢大和守《やまとのかみ》以下数百人が寝返り、外曲輪《そとくるわ》が破られた。

「内崩れが起こったぞ。味方に気をゆるすな」

城兵たちは恐怖して、たがいの動きを疑いあい、矢玉を放ち、刀槍《とうそう》をふるって同士討ちをはじめた。

日没までの乱戦のうちに、畠山勢は八十余人の侍が討死にを遂げ、高屋城の包囲の環はさらに縮まった。

監物は物見にたずねた。

「畠山の人数のうちで、頭衆《かしら》はどれほど首取られたんよ」

「そうやのし。主な侍大将は十一人ほど首取られたよし。高屋の殿さんは、大和の筒井順慶らの後巻きがほしいさけ、何遍も使いをば走らひてるけどのし。松永弾正の人数が、大和と河内のあいだの街道をば蓋《ふた》ひてるさけ、順慶もどうにもならんようなのし」

「そうか、いよいよ袋の口締められるよなことになってきたのう」

監物は溜息《ためいき》をついた。

「こうなったら畠山も安見も、どうあがいても深みから這《は》いあがれまいのう。えかげんで降参すりゃええんじょ。三好の総大将（長慶）は、あれでなかなか腹ふといさけ、降参ひた者の首は取らんのじょ」

高屋城は応神《おうじん》陵の南、安閑《あんかん》天皇、山田皇女の陵といわれる古墳趾《あと》に築かれている。

城主高政は、必死の戦いをつづけていた。城内には戦死者の遺体を埋めた墓がならび、塵埃《じんあい》、糞便《ふんべん》が至るところにうずたかく積り、蠅《はえ》が飛びまわっている。

弾薬はしだいに欠乏していたが、兵粮《ひょうろう》はあと四、五カ月分を残していた。

杉ノ坊覚明は、監物にいった。

「畠山の高屋の城は、百年ほども河内の守護所やったが、もう先は長うないのう。味方するだけ、こっちも手疵負わんならんわのう」

監物が答える。

「そうじょ。勝ち負けは、もう決まってるんよ。そやさけ、儂らがこのうえ合力ひたら、命にかかわるよ。まあこれから、なんとかひて凌《しの》がんならんさけ、大金払うても儂らに助けてもらおうとするやろけどのう。どうするかは、そのときになってみんと、分らんことじょのう」

監物が屋敷に帰ると、おきたがたずねた。

「高屋の取りあいは、どうなっとるんぞね」

「大分むつかしいのう。あとひと月かふた月か。年越すのは難儀やろ」

おきたは、監物の肩にもたれかかり、逞《たくま》しい胸を撫《な》でさすりながら、いった。

「そげなことというちょるけんど、えらい浮わついちゅう。ほんまは、もうひと稼ぎするつもりじゃろう」

監物はおきたのひきしまった体を抱き寄せる。

「そげな気ぃはないんよ。儂ゃお前を抱いて、日送りひてりゃ、そのうえの望みは持たんのじょ」

「ほんまかえ、お前《ま》さんもいつまでも若いつもりでいよるんは、いかんことぞね。そのうち、まぐれ玉にでも当って、あの世へ行くことになりかねんきに」

監物は答えず、おきたを組み敷く。おきたはなおもいいつのろうとしたが、眉《まゆ》をひそめ眼をとじた。

秋雨が降りつづき、朝夕は吐く息が白く見える季節がきた。根来の山に尾をひくひぐらしの声が消え、虫の音がすずろに聞える。

監物は毎日山内の角場《かくば》（射撃場）に出て、僧兵たちと鉄砲稽古にはげんだ。晴れわたった空に鳶《とび》が舞っていた昼下がり、彼は実戦の経験のない少年僧たちに、射撃についての知識を語って聞かせていた。

「鉄砲玉で、いっち使いやすいのは鉛玉やのう。鉄の玉は鉄砲をいためるさけ、できるだけ使わんほうがええんよ。鉄砲玉は、重いほどいきおいがついて、よう飛ぶさけ、鉛玉はもってこいやのう。溶かすにゃ、鍋《なべ》に入れて火ぃにかけたらじきに柔《やら》こうなる。鋳型に流しこんだら、固まってまんまるな玉になるんじょ」

監物は、鉛玉を手に取り説明する。

「鉛は鉄より柔こいさけ、人間の体に入ったら平べったい板みたいになって、渦巻いて突き抜けるんでのう。撃ちこんだところの疵は、玉の大きさだけのものやが、突き抜けたとこの穴は、びっくりするほど大きいもんじょのう。腕に当りゃちぎれるし、首に当りゃ切れて飛んでしまおかえ。体内に入ったままになったら、生き残っても鉛毒でぶらぶら病いになるのう」

監物は、中間《ちゅうげん》に持ってこさせた弾丸《たま》簞笥《だんす》の引きだしをあけ、各種の鉛玉を手に取り、まわりを取り巻く少年僧たちに見せる。

「これは割り玉や。鋳型に鉛を流しこんでから、まんなかに笹の葉ぁを入れるんよ。この玉をば撃ったら、二つに割れて飛ぶんよ。こっちは四つ玉や。二つに割った玉を二個入れるさけ、四つに割れて飛ぶんや」

監物は、細い竹串《たけぐし》を四、五本刺した弾丸を、てのひらに載せた。

「これは茶筅玉《ちゃせんだま》ちゅうてのう。玉のひとところに穴をあけて、何本も串をば刺しこむんよ。三十間（約五十四メートル）はなれた的に、この玉で撃ったら、おや指と人さし指でかこんだほどの大きさのとこへ、かならず当るよ」

彼は、ほかにもさまざまな種類の弾丸を取りだす。

「厚物《あつもの》撃ちの玉はのう、玉子の白身をば何遍も塗っては乾かすんよ。これで撃ったら、南蛮鉄の胴でも射抜くのう。こっちの数珠みたいなのは、千人殺しちゅうてのう。三匁五分の玉をば紐《ひも》で四、五十個つなぎ合わひて、大筒で撃つんよ。飛ぶときにゃ紐が切れて、ばら玉になるさけ、一遍に幾人でも殺せるのう」

彼は射撃の高等技術を披露してみせる。

「一挺《ちょう》の鉄砲でのう、二度つづけさまに撃てる技があるんよ。こうやるんや」

監物は十匁玉筒の筒口から弾丸硝薬を詰め、槊杖《かるか》で突きかため、半紙を水で濡《ぬ》らし、しぼって押しこむ。そのうえにまた弾丸硝薬を装塡《そうてん》して、一寸（約三センチ）ほどの火縄に点火したものを入れる。

監物はあわてる様子もなく、一町先の標的を狙った。少年僧たちが息を殺して見守るうち、鉄砲は轟然《ごうぜん》と火を吐いた。

監物はすかさず引金を引いた。火縄ばさみの火縄を用いての通常の射撃で、十匁玉筒は二発めを発射した。

「まあ、こげなことは、お前らがいきなりできるもんでもないさけ、そのうちに慣れていたらええんよ」

彼は鉄砲の筒口をのぞいてみせる。

「玉込めするときにゃ、こうやって筒のなかをばのぞきこんで、槊杖使いよすな。突きこんでるうちに、火ぃ噴くことあるんじょ。火ぃ噴いたら玉飛びだすさけ、顔に当ったら死ぬろ」

少年僧たちは、怯《おび》えた眼を見交わす。

「合戦取りあいのときになったら、撃っては玉込めひて、つづけ撃ちせんならん。そのうち筒は手でさわれんほど熱うなってくるんや。そげな筒へ弾丸硝薬入れて、槊杖で突くよな、気色のわるいことはできなのう。そやさけ、腰につけた水筒の水は絶やすなよ。濡《ぬ》れ雑巾《ぞうきん》で、筒をば冷やさなあかんのや。もし水が足らんようになったら、わが小便で冷やすんじょ」

少年僧たちは緊張した面持ちでうなずく。

「まあ、お前らが陣場へ出るんは、まだ先のことやがのう。いまのうちに鉄砲の扱いをば、よう覚えこんどくことや。それがわが身を守ることになるんよ」

十月になって、紀の川河原に西風が吹き荒れ、枯れ葦《あし》をざわめかせていた夕刻、風吹峠を越えてきた騎馬武者二騎が、根来寺山内に駆けこんできた。

大門の番衆が、鉄砲の筒口をむけ、制止した。

「待て、いずれの衆が参られしぞ。下馬なされよ」

騎馬武者は馬を下りて告げる。

「われらは飯盛山城より参りし、安見が郎党にござります。杉ノ坊覚明殿、津田監物殿に火急のお頼みを申しあげたく、馳《は》せ参ぜししだいなれば、なにとぞお取次ぎ下されたい」

「しかと安見殿のお使者なれば、さっそくお取次ぎいたそう」

番衆が覚明の坊舎へ走った。

監物は、昼間から屋敷の閨《ねや》で、おきたと酒をくみ交わし、睦《むつ》みあっていた。

「お前とは、もうどれほど情を交わしおうたかのう」

監物は逞しい胸に、おきたの乳房の柔軟な感触を楽しみつつ聞く。

「年をかさねても、ほんに飽かぬ女子《おなご》やなあ」

監物がほのぐらい閨のなかで、おきたの汗の甘いにおいを呼吸していたとき、突然縁先から呼びかける下男の声が聞えた。

「旦那はん、旦那はんえ」

「何や」

監物がおきたを抱いたまま聞く。

「いま、飯盛山から安見殿のご家来が早馬で着到ひたのよし。それで、頭衆がこれから寄りあいしなはるんやとし。旦那はんにも早う出座ひて頂《いた》あきたいと、杉ノ坊《ぼ》の坊んさんがいうてきたよし」

「分ったよ。すぐ行くさけ、待ってよというとけ」

監物は舌うちをした。

「仕方ない、つづきは晩にしょうらえ」

監物は身支度をして、屋敷を出た。

杉ノ坊の大広間には、頭衆が車座になっていた。安見の使者たちは、監物が顔を見覚えている与力であった。

監物は彼らを見るなりいった。

「高屋城の後巻きをば、頼みにきたんか」

二人の使者は、平伏して答えた。

「その通りでござりますのや。このままに打ち過ぎりゃ、兵粮《ひょうろう》の尽きる年の暮れあたりに落ちますやろう。当方からは毎日のように後巻きの人数を出してますのやが、なにしろ野山が埋まるほどの三好方のなかを、どうしても突き抜かれまへん。ついては、われらが殿の申すには、杉ノ坊の鉄砲におすがりするよりほかはない。なんとしてもご合力をお頼みして参れということでござりますのや」

監物は、さめた眼差しで使者たちを見た。

「いま儂らに後巻きの手助けをせいというのは、死ねということや。高屋城は、もう取り巻かれてしもてるさけ、今度は飯盛山へ鉾先《ほこさき》むけてくるろ。そうなりゃ、安見殿も降参せんならん。兵粮は高屋城より少なかろうがえ」

「仰せの通りにござりますのや」

使者たちは肩を落した。

飯盛山は海抜三百メートル、山麓《さんろく》を包囲されると、兵粮補給の道が完全に閉ざされる。

監物は覚明に聞いた。

「後巻きを出すか出さんかやが、どうするんよ」

覚明は沈思していたが、監物に問い返した。

「どれほど危ないかのう」

「そうやなあ、相手は二万やが、勝戦《かちいくさ》になってきたら味方する者がふえてくるさけ、もっと数ふえてるやろなあ。三万ぐらいになってるかも分らんのう。そこへ入っていくんやさけ、大分やられると覚悟せんならんやろ。兄《あに》さんは、後巻きやるつもりか」

「そうとは決めてないけどなあ」

覚明は、あいまいな顔つきになった。

「仰山《ぎょうさん》鳥目はずんでくれるんかえ」

「そうや」

「いくら出すちゅうんよ」

「砂金五十貫や」

監物は息をのんだ。

「そら、ことわりにくかろのう」

「お前もそう思うやろ。皆の衆も、思案ひてるところじょ。なんとか、お前の智恵出ひてくれんか」

砂金五十貫あれば、六千人の兵を一年間行動させる兵站《へいたん》をまかなうことができる。

監物はいった。

「よし分った。砂金五十貫は貰《もろ》うたらええ。後巻きの人数は出ひちゃるが、大勢は出せん。まあ五百挺やなあ。こないだのように、千挺も出ひたら進退が遅なるさけ、小人数のほうがええよ。五百挺出ひて、砂金五十貫くれるんなら、後巻きやってもよかろかえ。そう返事しよし」

覚明は安見の使者にいった。

「いま聞いてもろた通りよ。それでよけりゃ、話に乗らひてもらうよ」

使者たちは平伏した。

「あい分ってござります。さっそく立ち帰って主人に申し伝え、ご合力をお頼みいたすときは、砂金をお届けいたしまする」

安見の与力たちは、台所で腹ごしらえをしたのち、早々に河内へ戻っていった。

監物は、頭衆たちとともに大広間で酒をくみ交わす。山内の岩室衆の頭領がいった。

「安見は、五百挺の加勢やったら、砂金五十貫は出さんかも分らんのう」

監物が答える。

「そら分らんよ。砂金持ってこなんだら、それまでのことや。こっちも危ない橋渡るんやさけ、無理に仕事することもないんよ。しかしのう、あやつらはきっとくるよ。儂らの鉄砲に頼るほかに、道ないさけのう」

頭衆たちは監物の意見に同調した。敗北を予想しうる危険な戦いにおもむくときは、僧兵たちに相応の手当てを与えねばならない。

監物たちは酒に酔い、興のおもむくままに雑談を交わしあう。彼らの話題は、五月に尾張《おわり》の桶狭間《おけはざま》で今川義元《よしもと》を討ち取り、尾張一円の領主となった織田信長に集まった。

「駿河《するが》の今川は、三万人連れていったちゅうがのう」

「いや、四万を超えてたちゅうろ」

「そげな大敵に、三千やそこらの人数で当って、よう勝てたのう」

「忍びを使うたらしいがのう」

「なんぼ使うたて、まあ負けるのがあたりまえやろ。畠山と安見は一万ほどの人数で、二万の敵に追いまくられてるやないかえ」

監物はいう。

「何事も運やのう。運気の強い者は、負けると決まった戦でも、盛り返すさけにのう」

野戦に出たのち、命を全うして戻れるか否かは、運任せであった。

「織田信長ちゅう男は、よっぽど運気が強いんやろのう。合戦取りあいをやったら、人数のすくないほうが負けてあたりまえやさけになあ」

酒宴は夜が更けてから果てた。

監物は山内の静まりかえった往還をわが屋敷のほうへ戻ってゆく。頭上に月が出ていて、寺院の屋根瓦《がわら》が水に濡れたように光を帯びていた。

監物の屋敷は、門扉が閉ざされていた。彼は門の脇にあるくぐり戸を開けようとして、異様な気配を感じた。虫の声が聞えない。

――誰ぞ門の内に隠れてるのか。おきたは無事やろか――

監物は、静かに刀を抜き、刀身を水平にして右脇に構え、左手で戸を開け、はいていた下駄を前の地面に投げつけるなり、するどい気合いを放った。

「そりゃあっ」

静寂を引き裂き、銃声が鳴りわたる。監物の正面に火光がひらめく。

監物は、もういっぽうの下駄を火光めがけて投げつけるなり、刀を右八双に構え突進した。軒下の闇のなかから人影があらわれ、監物の眼前を横切り、疾風のように走った。

監物は刀の鞘《さや》につけている五寸（約十五センチ）ほどの棒手裏剣を抜くなり投げ、人影は石につまずいたように、前のめりに倒れた。

監物は腰を落し、刀身を右肩に担いで静かに近寄ってゆくが、二間（約三・六メートル）の間隔を置き、立ちどまった。

背後が騒がしくなり、おきたの叫び声が聞えた。

「旦那はん、何事ぜよ」

おきたと二人の下僕が、半弓を手に駆けつけてきた。

「静かにせえ、曲者《くせもの》がそこに倒《こ》けてるんや」

人影は起きあがってこない。

監物は水の流れるような、ひそやかな音を聞きつけ、にじり寄ってゆく。

「こやつは、もう死んでるろう」

麻布子《ぬのこ》をつけた、百姓らしい風躰《ふうてい》の男は、すでにことされていた。傍に一尺ほどの銃身の馬上筒を投げだしている。

監物はしゃがんで、男の首筋にさわった。

「まだ温《ぬく》いのう。儂の手裏剣が首の血脈《ちみゃく》を切ってたんじょ」

磨《と》ぎすました手裏剣が、曲者の首筋を切り裂いていた。

「こやつは、なんで儂を狙いくさったんかのう。どうせ三好のまわし者やろが」

監物は、辺りの闇に油断なく眼をくばった。

四

監物は、三好の放った刺客らしい曲者に襲われたあと、屋敷に僧兵十人を呼び、昼夜の警戒にあたらせた。

三好長慶は、根来衆の火力をおそれていた。根来一山の僧八千余人が出陣すれば、二万の三好勢は高屋、飯盛山の両城攻撃を、断念しなければならなくなるであろう。

だが根来寺山内の諸坊は、たがいに対立しあっているので、容易に協同しない。畠山高政に合力するのは杉ノ坊、岩室の衆徒二千余人であった。

安見直政の使者は、三十余人の護衛をともない、十月十日の昼下がり、杉ノ坊に砂金を運んできた。

二十五貫ずつ、二つの皮袋に入れられた砂金を馬から下ろした安見の与力は、覚明、監物ら杉ノ坊の頭衆の集まった大広間で、それを披露した。

「砂金をお検《あらた》め下され。主《あるじ》直政は、一時も早く高屋城の後巻きをお頼みいたすよう、それがしに下知《げち》いたし、書付けをも持って参りししだい。なにとぞご出勢下され。われらが道の案内《あない》をつかまつりまするほどに、危うきなかなれども、ご合力のほどお頼みつかまつる」

安見直政の与力は、必死の形相であった。

「よっぽどゆきづまってるんやのう。まあ、兵粮のあるうちに後巻きひたら、なんとか保《も》つかも分らん。しかし、後巻きにゆく儂らも、燃えてる火ぃのなかへ手え突っこむようなもんじょ。火傷《やけど》せんわけにはいかんやろ」

「危急の場にご出馬願うは、心苦しきことなれども、こなたがただひとつの頼みの綱にござりまする」

監物はうなずく。

「分ってるよ。その心持ちはのう。まあ過分の砂金も届けてくれたことやし、これまでのいきがかりを考えても、畠山殿との縁は切れんよ。分った。しばらく逗《とう》留《りゅう》ひててくれよし。儂といっしょに死んでくれる者を集めるさけのう。まあ、ごたがいにいつまでの命か分らんのや。毎日酒呑《の》んで、門前町のたわれ女《め》と遊びよし」

「かたじけのうござりまする。なにとぞ一両日のうちにご出馬願いまする」

監物は、覚明たちに意見を述べた。

「今度の取りあいでは、いっち気がかりは、松永長頼《ながより》や。あやつは野戦の巧者で、丹波八木《たんばやぎ》から出勢してきてるが、油断ならん奴や。いままで儂が見た侍大将のなかじゃ、あやつが一番足が早い。神出鬼没というてもええ。そやさけ、河内へむける人数は、鉄砲五百人に槍二百人をつけな、危なかろのう。鉄砲じゃとっさの駆け引きがうまいこといかんさけにのう」

根来鉄砲衆は、五十人を一組とし、さらに三手に分ち、組頭、小頭がそれぞれ指図して三段撃ちをおこなう。

五百挺であれば、十組が三段撃ちをすることになり、間断ない射撃をおこなうことができる。

敵が竹把《ちくは》、弾楯《たまだて》で身を守り迫ってくれば、五挺の三百匁玉筒、五十挺の三十匁玉筒で吹き飛ばすことができる。

そのため、弾薬を鉄砲に装塡しているあいだに、敵の騎兵歩卒の突入を許す隙はない。しかし、行軍のあいだに不意をつかれ急襲されたときは、危ない。

覚明がいった。

「松永長頼は、兄の久秀《ひさひで》より野戦が巧みやと聞いてるよ。槍衆連れていきよし。そのほうがええ」

覚明は、いまでは戦場に出ることはほとんどないが、かつて矢玉のなかを往来した古つわものである。監物は頭衆を見まわして告げた。

「今度の取りあいじゃ、かなりの死人、怪我人が出るやろ。儂も死ぬかも分らん。これまでの戦とは、ちと違うことをば皆に納得させないかんよ。そやさけ、今日のうちにも杉ノ坊の堂衆をばすべて呼び集めて、所存を聞いちゃらな、いかんわのう」

「そら、そうや」

「危ないのを承知で行くと、納得する者だけを連れて行かんならんわのう」

監物は、さっそく諸坊に回状を送り、申《さる》の七つ（午後四時）に、杉ノ坊の僧兵を呼び集めることにした。

昼過ぎから気温が下がり、西風が樹林を騒がせ、粉雪が舞いはじめた。八つ半（午後三時）頃から、杉ノ坊の大広間に組頭、小頭が集まってきた。

監物は彼らに聞く。

「どうな、皆くるかえ」

「来ますらよし。なんせ、監物はんのやりなはる戦は、金が儲《もう》かるさけに、皆、行きたがるんよし」

「胴に風穴あいてもか」

「そら、陣場へ出るときゃ命を的にするんがあたりまえやさかいのし。旨《うま》い酒も飲めんと生きてるより、ええ思いひたあげくに死ぬほうを望む者は、多かろうのし」

監物は鼻先で笑った。

彼も、前途の運命をおもんぱかることはなかった。戦場で、いましがたまで精気に満ちて駆けまわっていた侍が、矢玉に当り、斬られて、血を滝のように流し、手足をふるわせことされるさまを見なれると、生命がいかにはかないものであるかを思い知らされる。

人の死ぬ瞬間、魂が中天に飛び去ってゆくのを見るような思いを幾度もくり返せば、わが命に対する執着が、しだいに薄らいでくる。

監物はおきたに出逢《であ》うまえは、たわれ女を相手にして、酒色にふけっていた。いまは、おきたのほかの女色をあさる気はない。

――おきたは、ほんまに儂と気の合う女子《おなご》やなあ。あやつは儂が死んだら、ほかの男をじきにつかまえるやろうが、勝手にすりゃええが。生きてるあいだは儂のものや――

杉ノ坊の広庭に、しだいに僧兵が集まってきていた。長髪を編んで背に垂らした彼らは、豪華な絹の僧衣をまとっている。黄金造りの太刀を佩《は》いている者も多かった。

諸国の合戦に傭兵として出陣し、莫大《ばくだい》な報酬を受けているので、衣食に贅《ぜい》をつくしている。

覚明が監物に声をかける。

「大分きたのう。千人ぐらいか」

傍の組頭がいった。

「そんなのことはないよし。もう二千に近いよし」

申の七つの時鐘が、鐘楼から尾を曳いて山内に流れる。

広庭は僧兵で埋まっていた。監物が縁先に立ち、彼らに声をかける。

「さあ、話をはじめるさけ、聞いてくれよし」

談笑の声に満ちていた庭が、静まり返った。

監物が語りかける。

「明日かあさってのうちに、鉄砲五百挺、槍二百本で河内の高屋城へ後巻きに行くつもりや。畠山殿からの頼みやが、皆も知っての通り、高屋も、飯盛山も、二万からの三好の人数で取り巻かれてる。高屋の兵粮は、師走《しわす》の時分にゃ尽きてしまうさけ、一時も早う助けに行かんならん。しかし、城へ入るまでに、やられるかも分らんよ。いま陣場にゃ諸国の三好衆が集まってるんじょ。そやさけ、儂といっしょに行てくれる者は行てくれよし。嫌やという者は、無理強いにできんよ。生きて帰れるかどうか分らん危ないとこやさけにのう」

監物は僧兵の群れを見渡す。

「鳥目は仰山出す。今度の出勢について、安見殿から砂金五十貫届けてくれたさけ、それは皆と山分けするよ。しかし、命にかかわることや。ほんまに行きたい者だけ、手ぇあげてくれよし」

僧兵たちは残らず手をあげた。

「行くろう」

「わいも行くろう」

「命らいらん。怖《おと》ろしもんはないよう」

彼らは喚声をあげる。

監物は大声で答えた。

「分った、分った。しかしお前らを皆連れて行けやんさけのう。鉄砲五百人、槍二百人や。籤引《くじび》きで決めてくれよし」

僧兵たちのあいだに、失望の声があがった。

「籤で落ちたら、連れて行てくれやんのかえ。皆でにんぎゃかに行たらええんじょ。監物はん、大勢で行こらえ」

監物がいう。

「それができやんのじょ。こんどの後巻きに、杉ノ坊の総勢が出向いて、おおかた死んでしもたら、あとの坊守りをする者がいてへんようになろがえ。七百人よりうえは出せんのよ」

籤は、杉ノ坊四十余組の組頭たちが引くことになった。

辺りが暗くなるまでに、出勢の人数が決まった。覚明が監物にいった。

「お前も胆《きも》のふとい男やが、今度は生きて帰れるかどうか、際どい賭《か》けやなあ。今夜は皆と一杯呑もらよ」

「そうやなあ、小頭から上の者をば呼んで、飲みあかすかえ」

「出立はいつにするんよ」

「あさっての朝やのう」

その夜、酒宴は丑《うし》の八つ（午前二時）までつづいた。

酔いしれた監物は、槍をたずさえた僧兵三人に送られ、屋敷に帰った。おきたは寝ずに待っていて、監物にしがみついた。

「いまごろまでどこにおったんよ。うかれ女のとこか」

「あほうぬかせ。杉ノ坊の大広間で出陣の前祝いひてきたんじゃ」

「何をしようたか、分るかよ。いま調べてやるけん」

おきたは着物を脱ぎすて、二布《ふたの》をはずし、裸になると監物の小袖《こそで》を手荒く脱がす。

「寒いろう。何するんじゃ」

監物はたちまちおきたと同様の姿になった。

「こっちへきておーせ」

おきたは閨に監物を引きいれ、四布布団《よのふとん》のなかでうえにまたがり、手足をからませる。

「よそで何にもひてるか。これ見よ」

監物はおきたをはね返し、組み敷いた。

しばらくのあいだ睦《むつ》みあうと、おきたはようやくおだやかになった。

「ほんまに悋気《りんき》の強い女子やなあ。儂はよそで浮気はせんのじょ」

監物の胸毛をいじっていたおきたは、たずねた。

「陣場にゃ、いつ出るんよ」

「あさっての朝や」

「ほんなら、わたいも支度せにゃいけんが」

「お前は行くな」

「何でじゃ。わたいはひとりじゃおらんきに。いっしょに行っちゃる」

監物はおきたを抱きしめ、諭すようにいった。

「お前は、とてもいけん戦や。うかうかひてたら、人数の半分は死ぬやろ。女子のお前がそげなとこへ出ていたら、足手まといや」

おきたは声を荒らげた。

「何といわれても行くんじゃきに。とめても無駄じゃ。誰がとめたち、わたいは旦那といっしょに行くんよ」

監物は、おきたを説得するのをあきらめた。

「そうか、まあ仕方なかろ。お前はいいだしたら聞かん女子やさけ、ほんなら行け。弾丸当っても痛いちゅうて泣くなよ」

「泣くか。わたいは旦那が死んだら、ひとりで生きてても仕方ない。いっしょに死んじゃらーえ」

おきたの涙が、監物の胸を濡らす。

「分ったよ、いっしょに行こら」

監物はおきたの背を撫でながらいった。

十月十二日の早朝、監物の指揮する根来衆七百人が、安見直政の使者ら三十余人の先導で、根来寺を出立した。

おきたは南蛮鉄の腹巻をつけ、太刀を腰につけ馬にまたがり、監物と並び陣頭に立った。頭につけた鉢金が、明けがたの微光にきらめく。

門前町の男女が路傍に人垣をつらねて見送る。戦場往来をかさねた僧兵たちは、肉親が気づかわしげに声をかけてきても、平然として答える。

「命があったら、また会えるよ。死んだら、あの世で会おら」

鉄砲、槍を担いだ根来衆の隊列は、紀の川沿いに東へむかった。

岩出から打田荘、笠田《かさだ》荘、紀見《きみ》峠まで八里の道を進み、峠下に達すると陽が暮れかけていた。

僧兵たちは紀見村の寺院に夜露を避け、監物は村年寄の屋敷に泊る。安見の使者は高屋城までの絵図面を前に、戦況の説明をする。

「紀見峠より石川沿いに北へ下り、富田林から見通しのよき田畑になりまするが、この辺りには小川が多く、土手に兵を隠しやすきところゆえ、いつ仕懸けらるるやも計りがたしと存じまする」

「それもそうやが、道の両方に山が迫ってる狭山《さやま》、滝谷の切所《せっしょ》も危ないのう。まあ、今夜はゆっくり寝て、明日の朝から出向くかえ。滝谷まで六里半、そこから高屋まで二里半や。日の暮れがたには着くやろ」

監物が率いる兵の主力は、いままで諸国へ転戦し、苦楽をともにしてきた精兵である。

「物見をば、前にも横にも出していくがのう。山中はなかなか横手へ出しにくいさけ、いつでも鉄砲撃てるよに支度ひとかんならん。槍で突っこんでこられたら、引っかきまわされるさけにのう」

組頭のひとりがいう。

「川の土手も危ないよし。狭山から先の畑にゃ、ちっさい川が碁盤の目のように通ってまっさかい、そこに埋伏《まいふく》されてたら、傍《はた》まで行かな分らんよし」

「そうやなあ、よっぽど物見の人数を出さないかんのう」

監物は組頭たちと寝酒をくみ交わし、早めに床についた。

おきたは布団をかぶり、かろやかな寝息をたてている。しばらく雨が降らないので地面が乾き、行軍の際には土埃《つちぼこり》が雲のように立ちのぼる。

先頭を進む監物たちは土埃をかぶらないが、あとにつづく僧兵たちは、長手拭《てぬぐ》いで頬かぶりをしていた。重い銃器を担ぎ、弾丸簞笥を曳く僧兵たちの一日の移動距離は、五里（約二十キロ）とされていた。一日に八里、九里の移動は強行軍である。

戦場往来に慣れた組頭、小頭は、砂埃のなかで部下を叱咤《しった》した。

「足が動かんようになったら、歩きもて飯食え。ほいたら動けるんじゃ」

疲労した僧兵たちは、腰の食籠《じきろう》を前にまわし、焼むすびを手づかみで食うと、組頭のいう通り、足が軽くなった。

翌朝、二番鶏《どり》の声とともに起きた監物たちは、紀見峠を越え、和泉へ向かった。

「山中の道は落葉があるさけ、埃立たんとええのう」

僧兵たちは、途中で笠のひらいた松茸《まつたけ》を見つけると、取って背に負うつづらにいれる。

峠を下り、天見《あまみ》の集落にさしかかったとき、行手から物見が駆け戻ってきた。

「侍、若党が二十人ほど参りまするよし。敵、味方はいずれとも分りまへな」

「よし、鉄砲五十挺、槍二十本ほど前へ出せ」

弾薬を装塡した六匁玉筒を提げた僧兵につづき、槍の穂先をつらねた槍衆が前へ出る。

道の両脇にかくれ、様子をうかがううち、監物の傍に伏せていた安見の与力が、立ちあがり、声をかけた。

「おーい、儂じゃ。お前ら、迎えにきてくれたか」

街道の彼方《かなた》にあらわれた人影は、与力の声を聞くと、歓声をあげ駆け寄ってくる。彼らは安見直政がつかわした迎えの人数であった。敵勢の充満している野山を越えてきた軍兵たちは、眼を吊《つ》りあげ、殺気立っていた。

頭分《かしら》の徒侍《かちざむらい》が監物に告げた。

「この先、日置荘《へきのしょう》より上の太子へかけ、南北およそ二里（約八キロ）のあいだには、丹波衆が待ちうけておりまするゆえ、夜中に通行して高屋城へお入り召さるるがようござりまする」

「うむ、それも一法かも知れんのう。儂らは夜中でも月明りで鉄砲撃てるさけに、そうするか」

毎夜、月が明るかった。監物は僧兵たちに命じた。

「これから晩まで、この辺りで一服や。酒を飲んでもええし、しばらくでも寝ときよし。日が暮れたら、一気に高屋城まで突っこむさかいのう」

僧兵たちは、秋陽の照りわたる山村に散ってゆく。

監物がおきたにいう。

「ここにゃ温泉《いでゆ》があるんじょ。ちと、入って温《ぬく》もってくるかえ」

監物たちは組頭たちを誘い、温泉をたずねることにした。

五

監物はおきたを連れ、隆起する岩のあいだに湯煙をあげている温泉に入ろうとした。身の縮むような西風が吹きつけてきて、監物はおきたを抱き寄せる。

「大分寒うなったのう。阿波から吹いてくる風はひやこい。おきたの体は温いけどなあ」

おきたが声をあげた。

「ああっ、むかでじゃ」

湯壺《ゆつぼ》へむかう小道の端を、五寸（約十五センチ）ほどもある大むかでが這《は》ってくる。

監物はすばやく飛びかかり、草鞋《わらじ》の裏で力をこめ、踏みにじった。むかでの太い体は幾つにも折りまげられたようになり、わずかに身もだえをして動かなくなった。

監物は、附近で具足をはずしかける僧兵たちに注意してやった。

「この辺りにゃ、むかでがいてるさけ、気ぃつけよ」

五寸むかでに嚙《か》まれると、高熱が出て一日は動けない。

根来《ねごろ》山で、五寸むかでを薙刀の刃で両断したとたん、宙を飛んできたむかでの頭に額をくいつかれた僧兵が、意識不明のまま三昼夜をすごしたことがある。

「合戦のまえに、むかでを見るのは凶兆じゃなあ」

おきたが鼻を鳴らした。

「旦那が死んだら、わたいも死ぬき」

湯壺には、すでに数人の僧兵が逞しい体を沈めていた。

「へへ、弁天さまを拝んで、眼の毒やよし」

全身に刀疵、矢疵のある小頭が、笑顔をむけた。

「おう、お前ら、拝まひてもらえ。弁天さんのご利益で、敵の弾丸当らんろう」

僧兵のひとりが、二布《ふたの》をとろうとするおきたの体をのぞきにこようとして、朋輩《ほうばい》に腕を引かれ、しぶきをあげ湯のなかに尻《しり》もちをつく。

「ほんまにのし」

監物は透明な湯に体を浸し、ちぎれ雲が東へ飛んでゆく空を眺めつつ、僧兵たちにいう。

「あわてることはないよ。高屋の城へ入るのは、どうせ夜中じゃ。敵の寝込んだ時分を見はかろうて、鉄砲大筒をば撃ちもて、乗りこんじゃろかい」

監物は、三好勢の重囲を火力で強行突破しようと考えていた。

だが、松永久秀の弟長頼が、精強な丹波衆を率い、八尾に進出しているのが気がかりであった。監物は三好長慶に雇われているとき、丹波衆の執拗《しつよう》きわまりない攻めかたを見たことが、幾度もあった。

おきたが監物とならんで湯に体を沈め、小声で聞く。

「今夜の後巻きで、城へ入るまでどれほど死ぬじゃろか」

監物は僧兵たちに聞えないようにささやく。

「そうじゃなあ。まあ百人か」

「えっ、そがいに仰山死ぬんかや」

「うむ、丹波衆が押ひてこなんだらええが、きっと出てきくさるやろ。そうなったら、ただではすまんのう」

七百人の同勢のうち百人が戦死するのは、大苦戦でなければならない。

監物はつぶやく。

「お金儲けるんやさけ、ちと危ないが皆辛抱するんじょ。陣場で危ない目ぇに遭わんでも、はやり病いで死ぬこともあるし、大風大水で死ぬ者も多かろ。儂についてきた連中は、皆命知らずよ。金と女子《おなご》さえあったら地獄へでも行く奴らやさかいのう」

僧兵たちは温泉で身を温めると、行軍の途中で撃ちとめた猪の皮を剝《は》ぎ、香ばしいにおいをあげて肉を焼く。

「酒を持ってこい。ええかげんに焼けたろう」

彼らは焼きあがった肉をかじり、濁酒を飲んだ。

合戦のまえに、酒を飲みすぎてはいけないが、軽く酔いがまわるほどであれば、男たちの気力がたかまる。監物は、酒は用いかたしだいで戦力になると考えているので、激戦に身を投げいれるまえには、濁酒の桶《おけ》をあけさせることにしている。

僧兵たちは酔い、笑い声をあげ騒ぎはじめた。監物は湯小屋でおきたを抱き、休息した。扉のない入口から僧兵がのぞくが、おきたは平然と監物の首に腕をまわし、口を吸った。

半刻《とき》（一時間）ほど酒桶をかすってにぎやかに話しあっていた僧兵たちは、具足をつけたまま岩角に身をもたせ、寝入った様子である。

監物は腕枕のうえでやすらかな寝息をたてているおきたの顔を見るうちに、いつのまにか寝こんでしまった。

亥《い》の四つ（午後十時）頃、監物は眼覚めた。見張り番の兵士たちが、諸所に篝《かがり》火《び》を焚《た》いている。

監物は皆に声をかけた。

「さあ、間なしに高屋へむかうさけにのう。糞《くそ》はいまのうちにやっとけよ。死んだときに糞垂れてたら、末代までの恥やさけにのう」

僧兵たちは笑いどよめく。

中天に満月に近い月がかかっていた。

馬にまたがった監物は、組頭たちを振りかえった。

「ちと明るすぎて、身の隠しどころもないがのう。まあ、物見もしやすいさけ、よかろうかえ」

僧兵たちの具足、冑《かぶと》、武器の金具が月光をはじいて光っていた。

銃手たちが膝前《ひざまえ》にぶらさげた輪火縄《わびなわ》に点火したので、闇のなかにたくさんの蛍が浮いているように見える。

七百人の全軍は、一の先手、二の先手、本軍、後詰《ごづめ》の四隊に分れた。監物たちは組頭十数人とともに乗馬で本軍にいた。

先手はすべて銃隊で、本軍、後詰には長槍をたずさえた二百人がいる。

道の両側に山が迫っているあいだは、忍びに両方の斜面を歩かせ、敵の奇襲にそなえた。山中では、敵の大軍が急襲してくるおそれはすくないが、麓の開豁《かいかつ》地に出ると、敵はどこから押しかけてくるか分らない。

監物は後につづく組頭に命じた。

「もうじき野原へ出るけどのう。出たらすぐに円陣にしようら」

「鉄砲が内部《うちら》で、槍《やり》が外かのし」

「そうやなあ。鉄砲は三段撃ちさせよ」

「合点やよし」

「大筒は儂らのはたへ置いて、頃あい見て撃たそらよ」

平坦地に下りると、辺りの眺めが急にひろがった。

「あの右手に光ってるのは、石川かえ」

監物が聞くと、安見直政の派遣した道案内の侍が答えた。

「さよう、石川でござります」

「丹波衆は、どの辺りにいてるんかえ」

「石川の河原から、高屋城のほとりまで、詰めかけてござります」

「人数は、どれほどよう」

「およそ四千ほどに見受けられまする」

「うむ、なかなか手ごわい相手やなあ。犬の啼《な》き声も、夜烏の声も聞えんさけ、この先の野原にゃ、大勢いてくさるんやろなあ」

監物は使い番に命じた。

「皆、弾丸硝薬詰めよ。大筒も弾丸込めせえ」

使い番が走り去った。

全隊は河原のうえに停止し、陣形の組み替えをおこなう。円陣をつくり、五百挺の鉄砲を持つ銃手が、外側に立つ。その銃手のあいだに二百人の槍衆が入りこみ、白兵戦を挑んでくる敵にそなえた。

敵中を突破するためには、前後左右から襲いかかってくる人馬を、追い退けねばならない。銃隊が三手に分れ、間断ない射撃を一糸乱れずおこなうはなれ業は根来衆、雑賀衆のほかにはできない。

寒風が吹いているので空気は乾燥し、硝薬が発火しやすくなっている。火薬の扱いは厳重な注意をしなければならない。どこかで小頭が叫んでいた。

「煙草は喫うたらあかんろう。煙硝に火ぃ呼びこんだら、えらいことになるさけにのう」

石川の瀬音が聞える辺りまでやってくると、監物は槍衆に槍の鞘をはずさせ、きびしい警戒態勢をとらせた。

敵がいつ襲いかかってくるかも知れない。月光が明るいので、七百人の僧兵が蹴立てる砂埃《すなぼこり》が、霞《かすみ》のようにたなびいているのが見える。

監物は、ひとりごとのようにいう。

「敵はもう、こっちの動きを知ってるろう。いつ仕懸けてきくさるかのう。高屋の城まで、あと一刻（二時間）足らずで着くが、この様子なら、無事にゃすまんやろ」

監物は、敵の接近を察知していた。

物見の忍者たちは駆け出していっては戻り、監物に注進する。

「西の手、三町（約三百三十メートル）ほどの田中に、およそ千ほどの人数が、こなたの動きに合わせ、城のほうへむかいおりまする」

「左手の道明寺《どうみょうじ》河原に、人数はしかと分りませぬが、まっくろに寄り集まり、足をとどめておる人馬がおりまする」

「われらのうしろより、およそ七、八百の人数が、あとをつけて参りまする」

行手の高屋城は、夜中であるが猛攻をうけていた。

銃砲声が切れ目もなくつづき、大勢の喊声《かんせい》が、潮騒《しおさい》のように湧きあがっている。

監物は、めったに感じたことのない胴震いをした。

「物音を隠さいでもええろう。ここからまっすぐ城まで押し通れ。敵はかならず仕懸けてくるさけ、まんまるになって隙こしらえるなよ」

七百の根来衆は、田畑を踏みにじり、高屋城へむかってゆく。

前方と左手、後方から、地面を踏みとどろかせ、敵勢が押し寄せてきた。

「それ撃て」

五百挺の鉄砲が、かわるがわる咆哮《ほうこう》した。夜空に赤い尾を曳いて銃弾が飛ぶ。

三百匁玉筒が地響きたてて発射されると、敵の陣中に火柱が立った。

根来衆に射すくめられた敵勢が、道をひらいた。

「うまいこと運ぶのし」

組頭がよろこんでいったが、監物は首をふった。

「まだ分るかい。丹波衆きくさったら、揉《も》みつぶされるろう」

道案内の徒侍《かちざむらい》が、狼火筒《のろしづつ》を取りだす。

「これを打ちあぐれば、城中より迎えが参りまする」

白い尾を曳く流星花火が、夜空に打ちあげられた。

周囲の敵を銃撃しつつ押し進むが、城中から迎えの軍勢はあらわれなかった。

「こら、あかんぞ。踏みつぶして駆けこめ」

監物は三段撃ちをつづけながら、城の柵門へ近づいてゆく。

そのとき右手の道明寺河原のほうから、黒山のような大軍があらわれ、鬨《とき》の声をあげ攻めかけてきた。

「撃て、撃て。大筒も撃て。弾丸を惜しむな」

監物が怒号する。

僧兵たちは眼を吊《つ》りあげ、乱射するが、敵の大部隊はたちまち怒濤《どとう》の崩れるようないきおいで、殺到してきた。

槍衆が槍先をそろえ、前に出たが、奔流のなかに呑《の》みこまれるように敵に取り巻かれ、隊形を崩した。

鉄砲放《はなち》たちは、斬りかかってくる敵にむかい、鉄砲を逆手にふるって対抗する。相手のいきおいはすさまじく、新手をしきりに交替させる繰り引きの戦法で、間断なく寄せてくる。

「こいつらは丹波衆や。取りあいやっても勝ち目ないさけ、逃げよ。皆逃げよ。ぐずついてたら皆殺しにされるろう」

監物は高屋城へ乗りこむのを断念した。一時も早く逃げなければ、全滅の危険がある。

「大筒は捨てて逃げよ。根来まで、どの道とってもええさかい、逃げて帰るんや。分ったなあ」

根来衆は大筒、弾丸《たま》箪笥《だんす》を捨て、左右へ逃げ走った。

監物はおきたとともに西の方向へ走った。

おきたは怪我もなく、巧みに馬を走らせている。

「この辺りから南へ走ろら。これは熊野《くまの》道やろ。これを南へとって行たら、山に入るさけ、そこで一服しようら」

耳もとを銃弾がかすめ、敵は執拗に追ってきたが、ようやく振りきった。

監物たちについてきたのは、五人の組頭であった。

「あとは誰もついてこんかえ」

しばらく耳をすませたが、人の足音は聞えなかった。

監物は組頭たちにいう。

「やっぱり、あかなんだなあ。大分やられたのう」

組頭のひとりが、声を震わせていった。

「丹波の奴らに、やられたのし。ほんまにえらい目ぇに遭うた」

「皆、逃げたかのう」

「ちと、やられたやろけど、まあおおかたは逃げたやろのし」

「ここで夜明かしひて、逃げてくる者いてたら、集めて去《い》のらよ」

組頭たちは木立に馬をつなぎ、小高い場所に集まり、北方を眺めた。月明りに照らされている熊野道に、一人、二人ずつ人影があらわれてきた。

「あれは根来の者かえ」

「どうやら、そうらしいのし」

「たしかに、鉄砲担《かた》げてるのう」

監物は高処《たかみ》から下り、街道脇のくさむらに身を伏せて待つ。

足音が近づいてくる。

「ここから紀見峠へ、どう行たらええんやろのう」

「さあ、分らんのう。南へさひて行たら、根来へ去ねよかえ」

監物はくさむらから立ちあがった。

「お前ら、根来の者か」
五、六人の根来衆は、動転して足をとめた。とっさにもときた方角へ逃げかけた。
「待て、儂は監物や。びっくりすな」

「えっ、御大将かえ」

僧兵たちは立ちどまり、月光に照らされる監物の姿をすかし見た。

「ほんまに御大将や」

「よかったなあ。地獄に仏とはこのことやのう」

監物はたずねた。

「お前ら、ほかの仲間とははぐれたんか」

「へえ。えらいことやったよし」

「大分やられたか」

「そうやのし。半分ぐらいは逃げられたやろかのし」

「そうか、儂はここでしばらく後の者が逃げてくるのを待つさけ、お前らは先に去によし」

僧兵たちは、口ぐちにいった。

「わたいらだけやったら心細うてならんよし。野伏《のぶせ》りにでもやられかねんさかい、お供ひて帰りたいよし」

「ほや、ここらで寝転んでよ」

監物と組頭たちは、夜が明けるまで待ち、逃げてきた残兵百余人を集めた。

やがて物見の忍者が逃げてきて、監物に注進した。

「討ち取られた味方の人数は八十九人やよし。そのなかには組頭が三人、小頭が五人いてるよし。いま時分は、梟《さら》し首になってるやろのし。生け捕りになった者は七人やよし」

「そうか。高屋城から迎えの人数がきたらよかったんやが、あれでは手も足も出なんだよ。まあ、討ち取られたのがそれだけやったら、よしとせんならん。この仕返しはきっとひちやるさけにのう。いったん引き揚げな仕方ない。もうしばらく待っちゃろかえ」

忍者がいった。

「どうにも、敵が追うてくる形勢やさかい、早う逃げたほうがよかろのし」

「そうか、ほんならなおのこと待っていちゃらな、あかんよ。敵に追われて逃げてくる味方いてるか分らんさけにのう。鉄砲持ってる者は、弾丸込めせえ」

鉄砲の数は、百挺ほどある。

半刻（一時間）ほど待つうち、北方から人声と、豆を煎《い》るような銃声が聞えてきた。

味方が三十人ほど、逃げてくる。

「追うてくる人数は二百ほどか。近づけて撃ち払うちゃれ」

監物たちは待ちかまえ、味方の僧兵が近づいてくると、大声で呼ぶ。

「ここや、ここや。上がってこい」

待ちかまえていた鉄砲放たちは、押し寄せてくる敵にむかい、いっせいに銃撃を浴びせた。

六

永禄三年（一五六〇）の冬から翌春にかけて、監物は根来寺で戦機をうかがっていた。

彼とともに高屋城外から退却した根来衆は、六百余人であった。監物とともに退却した人数は三百人ほどであったので、同勢の半ば以上が討ち取られたのであろうと思っていたが、幾日か経つうちに、三人、五人と戻ってきた。

彼らは五挺《ちょう》の三百匁《もんめ》玉筒は遺棄してきたが、鉄砲は乱戦のうちにも手ばなさず、担いで帰った。

松永勢に追い散らされ、堺《さかい》へ逃げこんでいた僧兵たちは、市街の惨状を口々にいった。

「なんせ、えらい火事やったさかいなあ。四方八方火ぃの海で、竜巻き起こってのう。わいらは慣れてるさけ、地に伏して方角たしかめて走ったんで助かったんよ。女子、小童《こわっぱ》が火ぃに巻かれて、髪に火ぃついて、助けてくれちゅうけど、とても助ける間ぁなかったのう。街道筋へやっと逃げて出たら、抜き身持った盗っ人らが、待ちかまえてたよ」

「ほんまに追い剝《は》ぎしくさる奴らは、いつものことながら、畜生同然や。女子の着てる衣裳《いしょう》をば剝ぎとって、斬り殺すのに、一太刀で息の根とめられやんのよ。首斬ろと思うて、頰ぺたへ斬りこむんやさけのう」

堺から退却してきた僧兵たちは、鉄砲を持っていたため、命拾いをしたのである。

「なんせ、道にも畑にも百姓一揆《いっき》が蟻みたいにむらがっててのう。わいらが鉄砲持ってるさけ、用心ひて寄ってこなんだ。わずか三挺か四挺の鉄砲をばかわるがわる燻《くす》べるだけで、おとろしがって寄ってこんさけ、帰ってきやれたんじょ」

僧兵たちは、粉雪の舞う冬のあいだ、酒を飲み、肉食をする放縦な日を送る。

門前町にはたわれ女《め》を置く店屋が軒をつらねており、遊興にこと欠かない。

監物はおきたを連れ、しばしば銃猟、投網《とあみ》うちに出かけ、鴨、鮠《はや》などを食べきれないほど持ち帰った。

底冷えのする日、監物は腰痛治療の灸《きゅう》をおきたにすえさせる。

「ほんに、やいとをすえにゃ馬にも乗れんとは、情ないぜよ」

「何をいうてるんや。この齢《とし》まで戦場往来ひたら、腰痛めてあたりまえやろが」

「お前《ま》さんは、なぼ言うたち、夏に薄着しよるきに、冬場に腰が痛むがじゃねや」

監物は笑いながら、おきたの膝《ひざ》に手を置く。

「儂が腰痛めりゃ、お前も都合わるかろうが。どうや」

「都合ええよ。若い男を誘うちゃるきに」

「なに、頬桁《ほげた》たたきくさるのも、ほどほどにせえ」

監物はおきたの熟れた体を抱えこみ、のしかかる。おきたは体の力を抜き、なすがままに任せた。

監物とおきたは、酒を好む。鼻をつく異臭を放つ鮒鮨《ふなずし》を肴《さかな》に酒を呑《の》みあかすこともめずらしくなかった。

監物は風呂《ふろ》に入るのも好きであった。石を積んだ穴倉のなかで木を燃やし、大《おお》釜《がま》の湯を沸きたたせ、その蒸気を湯殿に充満させる蒸し風呂である。

へちまで体の垢《あか》を充分にこすり取りつつ、体の芯《しん》まであたたまったあと、陸湯《おかゆ》で流すと、生き返ったような気分になる。

「風呂へ入って、鮒鮨で酒飲んで、おきたと暮らひてたら、何にもいうことないわえ」

梅の咲く時候になって、根来寺へ近江観音寺山《おうみかんのんじやま》城主六角義賢《ろっかくよしかた》の使者がおとずれた。

近江の太守六角氏の年寄衆であるという重臣江川正光が、二十人ほどの軍を率い、はるばるときたのである。

監物が呼ばれて杉ノ坊へ出向くと、覚明をはじめ、大伝法院、豊福寺、密厳寺など百に近い大小の僧房から主だった僧侶《そうりょ》が集まっていた。

江川正光は主君義賢から、重大な伝言をあずかってきていた。根来衆と呼応して、京都から摂津《せっつ》、河内、和泉一帯に蟠踞《ばんきょ》する三好長慶の勢力を打倒しようというのである。

長慶は前年十一月の合戦で、高屋城の畠山高政と飯盛山城の安見直政を降伏させた。河内守護の高政はその後、守護代直政とともに堺に逼塞《ひっそく》している。

長慶は河内の二城を陥れたのち、全兵力を大和にむけ、松永久秀に加勢して、十一月十八日に泊瀬《はつせ》桜坊城（奈良県桜井市初瀬）、二十四日には沢檜《ひ》ノ牧《まき》城（奈良県宇陀《うだ》市榛原《はいばら》区桧牧）を陥れた。

宇陀郡は伊勢国司北畠《きたばたけ》氏の版図のうちであったが、三好の大軍はついに奪取に成功し、長慶は丹波、大和を松永弾正少弼《しょうひつ》久秀の所領とした。

長慶の勢威は畿内《きない》を制圧したかに見えた。近江守護職六角義賢は、長慶の脅威にさらされることになった。このままなすこともなく推移すれば、五万といわれる三好の大軍が近江路へ乱入してくることは、避けられない。

義賢は徒党のすべてを糾合しても、総兵力は二万余である。このため、彼は根来鉄砲衆と協力して、南北から三好勢力の挟撃をくわだてたのである。

江川正光はいった。

「われらが主人には、根来のご一統と堺におわす畠山、安見ご両所のご合力《こうりょく》を頂き、南北より三好を攻めたて、一気に突き崩さんとの方略をたててござります る」

覚明《かくみょう》はいった。

「いかさま、もっともなことよのう。六角殿には、このままに三好を置けば近江へ押し寄せられるさかい、いまのうちに先手を取られるわけやなあ。それは妙手や。儂《わし》らは風向きしだいで堺の畠山殿をお誘いいたし、ご合力ひてもええぞ。こなたより攻めるとすりゃ、風吹峠を越えて和泉へ入り、岸和田城を取り抱えることになるやろ。岸和田を守る長慶の弟十河一存《そごうかずまさ》は、近頃病いにとりつかれてるということやさけ、攻めたてりゃ、おもしろいことにもなるやろう。畠山殿、安見殿の牢人《ろうにん》衆は、河内、和泉に大勢住んでるさけ、呼べばまあ七、八千は集まってくる。そうなりゃ、和泉を奪《と》るのは朝飯前や」

覚明は坐《すわ》りなおした。

「そこで相談やが、軍勢、荷駄を動かすにゃ先立つ物がいるんじょ。六角殿は、軍用金を先に用立てひてくれるおつもりがあるのかえ。儂らが動くかどうかは、その返事しだいや」

江川はいった。

「その支度に抜かりはありませぬ。ご盟約成りし暁には、早速に軍用金をお届け申しあげまする」

覚明は膝を打った。

「よし分ったよ。それならいくらでも合力さひていただこう」

江川は、覚明たちの知らなかった事実を告げた。

「長慶は、いま近江坂本に住む管領細川晴元《はるもと》を、まもなく京都へ呼び寄せ、どこぞの寺へ入れる算段をいたしおりまする。そうなれば、いずれの大名も晴元を担ぎ出せぬようになり、三好は安泰となりまする。そうさせぬため、われらが主人が、長慶に戦《いくさ》を仕懸けまする」

覚明が聞く。

「合戦を仕懸けるにゃ、名分がいるやろ。名分がなけりゃ、兵は動かせんぞ」

「それは心得ておりまする。晴元公ご内室は、われらが主人の妹御にござります る。そのお子、すなわち主人の甥《おい》にあたる晴元公ご次子の晴之《はるゆき》殿が、ただいま観音寺山城におわしますれば、長慶を廃し、晴之殿を細川の家督につけるとの義戦をおこなう名分が立ちまする」

監物が声を高めて応じた。

「そうか、それなら戦をはじめても味方はいくらでも集まろかえ。江川殿、いっしょにやろら。そのかわり、鳥目《ちょうもく》ははずんでくれよ」

「心得ておりまする。お望みなれば和泉一国の差配を根来衆にてなされませ」

一座の頭領たちのあいだに、低いざわめきが起こった。

監物がいう。

「儂らは去年、高屋城の後巻きに出向いて、松永の一党にえらい目に遭わされ、およそ百人ほどが死んだんよ。そやさけ、あいつらにゃ遺恨があるんや。今度は、いやちゅうほどの目に遭わひちゃるよ」

山内の頭領たちも、協力に同意した。

覚明は江川に告げた。

「儂らは鉄砲二千挺出すさけのう。六角殿にそうお伝えひてくれ。こののちは、京都の様子をば、再々伝えておくれ」

「承知つかまつりました。抜かりはありませぬ」

江川は、覚明が六角義賢にあてた書状を受けとり、帰っていった。

根来の山内は、にわかに活気づいた。門前町の鉄砲鍛冶《かじ》は、早朝から深夜まで槌音《つちおと》をひびかせる。

刀師の店頭には荒法師がむらがり、毛抜き太刀《だち》、長覆輪太刀《ちょうふくりん》の鍔《つば》、鞘《さや》の手入れをする。鞍細工師《くらさいくし》、鞘巻き切りも、昼夜をとわず作業を急いだ。

弓弦屋では、苧《からむし》を縒《よ》り、薬煉《くすね》を塗った弓弦を懸命につくっている。

監物は新製の六匁玉筒、十匁玉筒の試し撃ちを、鉄砲組頭、小頭たちとともにおこなう。角場（射撃場）では、早朝から日没まで銃声が鳴りわたり、監物が屋敷へ帰るとき、手も顔も硝煙でまっくろに隈《くま》どられていた。

根来の山野を飾った桜が散りがての頃、江川正光が三百余人の軍兵を連れ、根来寺に到着した。

江川は軍用金として砂金二十貫、銀五十貫を運んできた。覚明は眼を細めた。

「これだけあったら、鉛も白煙硝も、望むだけ買いこめるよ。ところでいつ頃、合戦をはじめるんかえ」

江川は答えた。

「長慶は晴元公のもとへ使者をつかわし、この月のうちにも京都立売町《たちうりちょう》の屋敷へ招くとのことにござりまする。そのうえにて公方義輝《くぼうよしてる》公のお成りを仰ぎ、宴席にて晴元との和睦《わぼく》の取りもちを頼むべしとのつもりとのこと。長慶に晴元公との和睦をすすめたのは、ほかならぬ公方さまにござりまする」

覚明は唸《うな》った。

「うむ、それは容易ならぬ策謀や。今度ばかりは長慶も、奥の手に乗せられるやろのう」

細川晴元の嫡男聡明丸《ちゃくなんそうめいまる》は、人質として永禄元年（一五五八）以来、摂津芥川城《あくたがわ》に置かれ、元服して六郎信良《のぶよし》と名乗るようになっていた。

長慶は、晴元父子を手もとに押さえておけば、今後の波瀾《はらん》は起こらないと見ていたが、将軍義輝がひそかに六角義賢に加担していたのである。

晴元を入京させ、長慶を油断させておいて、その隙をつく陰謀を、将軍がすすめていると聞き、監物たちはおどろくばかりであった。

江川は告げた。

「われらが主人は、このたび畠山高政殿をもお誘いいたしおりますれば、高政殿は間なしに当山へ、何分のご沙汰《さた》をいたされようと存じまする」

「それでは、いつ頃兵を動かしなさるのかえ」

覚明の問いに、江川は答えた。

「さよう、遅くとも七月の末までに京都へ押し寄せますれば、日を打ちあわせ、岸和田へお取りかけ下され」

三月なかば、六角義賢の使い番が馬を飛ばして根来寺へ駆けこんできた。

「一昨日、京都の長慶屋敷へ公方さまお成り遊ばされ、晴元公との和睦をおすすめなされ、長慶は承知いたしてござりまする。長慶は早速に、坂本へ迎えの使いを出し、晴元公を摂津富田（大阪府高槻《たかつき》市）の普門寺へお移しいたすとのことにござりまする」

計画は着々と進んだ。

三好長慶が坂本へ迎えの使いを送ったのは、五月六日であった。

細川晴元は十一年ぶりに長男と会ったが、そのまま普門寺に幽閉された。

近江と根来寺のあいだに、たがいの使者が織るようにゆき交う。畠山高政、遊《ゆ》佐信教《さのぶのり》、安見直政ら河内の元守護、守護代は、かつての部下であった牢人衆五千余人を根来に集結させ、出陣支度を急いだ。

監物は梅雨の雨音を聞きつつおきたと寝ているとき、彼女のひきしまった胸の辺りを撫《な》でつついった。

「おきたよ、また合戦やぞ。お前とこうやって安楽に暮らすのにも飽きんがのう。また弾丸《たま》の音聞くと思うたら、なにやら奮いたってくるろう」

「そんなら、奮いたって、わたいを抱いてくれりゃええき」

梅雨が明け、蟬の声が根来山を震わす夏がきた。

僧兵たちはしだいに殺気立って、眼の光が変ってきた。彼らは毎日、射撃、槍あわせ、太刀打ちの稽古《けいこ》に、時を忘れた。

六角の使者が、開戦の日取りを伝えたのは、七月二十二日の宵であった。

「われらが主人は、七月二十八日の朝、志賀越えより人数を繰りだし、京都の勝《しょう》軍地蔵山《ぐんじぞうやま》へ本陣を進めるとあい定めてござりまする」

根来山内に、僧兵たちの歓声が湧きあがった。覚明たちは、畠山高政らと軍議の結果、六角勢にさきがけての出陣を決めた。

「二十七日まで、待ってられるかえ。明日押し出ひて岸和田へ行こうら」

僧兵五千人、牢人衆四千人は、七月二十三日の朝、土煙をあげて根来寺を出陣した。

監物はおきたと馬首を並べ、風吹峠を越えた。

「これだけの人数で乱入するのは、気色ええのう」

監物は烈日に照らされる和泉の野とその先にひろがる紺碧《こんぺき》の海を眺める。

「おきたよ、あれ見よ。今日は阿波の山もうっすらと見えるがよ」

岸和田城主十河一存は四月に病死して、淡路岩屋城にいた長慶のいまひとりの弟、安宅冬康が入城していた。

根来衆の放つ銃砲声は、和泉の野を震撼《しんかん》させた。冬康は城兵を指揮して懸命に防戦するが、根来衆は大井楼《だいせいろう》を押しだし、そのうえに狙撃兵を登らせ、城中を狙撃させたので、死傷者の数をふやすばかりであった。

京都市中では、まもなく合戦が起こるという噂が流れていた。六月下旬に若狭《わかさ》で松永長頼が地侍勢力と一戦を交えて敗北し、丹波へ退却したので、町衆が動揺したのである。

「いままで三好に頭のあがらなんだ連中が、これから討って出てくるのではないやろか」

「そうかも分らん。なにやら近江のほうで陣触れがあったとか、いうとるそうどっせ」

土民の不安は的中した。

飯盛山城に在城していた長慶は、根来衆と畠山高政らが岸和田城へ来攻したとの急報を受けると、高屋城主三好実休《じっきゅう》に命じた。

「そのほうは、康長《やすなが》、政康《まさやす》らと、岸和田の後巻きをいたせ」

同族の三好実休、康長、政康は五千の兵を率い、岸和田へ急行した。

岸和田城まで西へ一里（約四キロ）、久米田《くめだ》寺附近の山野には、根来衆が布陣しており、すさまじい射撃を加えてくるので、実休らは前進の足をとどめざるをえなくなった。

監物は配下の三百余人を指揮して、三好勢につるべ撃ちを浴びせる。

「近寄せて撃てよ。あわてることはないんじょ。敵のうちで、頭《かしら》立った奴を狙うちゃれ」

彼は六匁玉筒三挺を小者に弾丸《たま》込めさせ、かわるがわる撃つ。

晴れわたった空のもと、一発の無駄玉もなく、敵の人馬を薙《な》ぎ倒してゆく。

監物は、一人を撃ち倒すたびにつぶやく。

「なまんだぶ。成仏ひてくれよし」

おきたも、軽量の二匁五分玉筒で射撃する。三好勢は、物蔭《ものかげ》に身をひそめたまま動けなくなった。

三好実休は、根来衆と数町をへだて対陣し、容易な状況ではないと判断して、阿波から数千の援軍を久米田へ来援させた。

禁裏には、六角義賢の行動が伝わっており、七月二十二日に内裏《だいり》東南の堀をさらえ、掘り深めた。

七月二十八日、六角勢先鋒《せんぽう》の永原重隆《しげたか》らが北白川にあらわれたので、立売町三好屋敷にいた嫡子義興《よしおき》は、ただちに兵を率い応戦態勢をととのえる。

奈良の松永久秀は長慶の陣触れをうけ、京都西院《さいいん》小泉城に入った。摂津、丹波から集まった、松永長頼、岩成友通《いわなりともみち》、今村慶満《よしみつ》らの諸隊が、暑熱のなか都大路に旗差物を林立させてあらわれ、西ノ京から西院にかけ長蛇の陣を敷く。

永原重隆の勝軍地蔵山本陣と、根来衆の岸和田本陣とのあいだには絶え間なく連絡の母衣《ほろ》武者がゆき交い、南北呼応して三好勢を攻めていた。

岸和田城攻めでは、根来衆の火力にさらされた三好勢に、損害が続出していた。主立った侍が狙撃されるので、指揮が乱れた。

七

六角義賢は、三好との一戦に敗れると近江の領国を奪われるおそれがあるので、二万余の全兵力を傾け戦っていた。

若狭、越前《えちぜん》から援兵を集め、坂本、大津から京都へ乱入させた義賢は、根来衆の火力を頼っている。彼の独力では、近畿《きんき》九カ国の太守、三好長慶に対抗するすべもなかった。勝軍地蔵山の永原本陣には、数百の根来鉄砲衆が応援にきていた。

彼らは北白川附近の山野で、三好勢の鉄砲足軽衆と連日激しい銃撃戦をおこなった。

三好衆の鉄砲隊は、紀伊雑賀《さいか》衆であった。僧兵たちはせせら笑った。

「ほんまに、紀州の者同士の合戦みたいやのう。わいらが雑賀の者と手ぇ組んだら、天下取れるのと違うかえ」

日本最大の鉄砲集団である根来衆と雑賀衆が手を組めば、天下を動かす戦力となるが、犬猿の仲であるのでたがいにあい争い、力を減殺しあうばかりであった。

夏の暑熱が去り、秋が過ぎて雪の舞う季節がめぐってきた。京都と岸和田の戦線は膠着《こうちゃく》状態のまま、動きをあらわさなかった。

根来衆の頭領覚明は、岸和田の陣所にいて、三好実休の陣所へ昼夜を問わず攻めかけ、出血を強いていた。

実休の率いる阿波衆は、しだいに戦意を失ってきていた。

「野糞《のぐそ》しに行くこともできぬのう。まったく息を抜く暇もないけん、阿波へ去《い》にとうなったなあ」

根来衆は、三好勢の陣所を見下ろすなだらかな丘の、いたるところに埋伏していて、人影が動くと、猛然と撃ちかけてくる。

夜、陣小屋で寝ていると、影のように忍びこみ、焙烙火矢《ほうろくびや》を投げこむ。轟音《ごうおん》にはね起きると、死骸が転がり、手負いが呻いているばかりであった。

哨兵が柵をつらね、篝火《かがりび》を焚《た》いて寝ずの番をしているが、根来衆はどこからともなく忍び寄ってくる。実休麾下《きか》の部将たちは、旗、馬標《うまじるし》を立てて陣中を通行できなかった。どこから狙撃されるか分らないからである。

実休は死を怖れない剛強の性格であったが、根来衆との戦いに、思いきった行動をとらなかった。

密集隊形で総攻めを仕懸ければ、数千挺《ちょう》の鉄砲の餌食《えじき》になるばかりである。

「根来は忍びを大勢抱えておるけん、油断してりゃ、儂の首まで掻《か》かれようぞ」

兵粮《ひょうろう》は阿波から海路輸送してくるので、長陣を張っても兵站《へいたん》に不足はなかったが、眼前に布陣する根来衆がその火力を用い、攻勢に出てくれば、支えうる自信はない。

実休は幕僚たちに、心中を洩《も》らした。

「こりゃ、どうにもならぬわい。こっちの人数は少なすぎる。一万はなけりゃ、とても太刀打ちできんわい」

岸和田では三好勢が根来衆に圧倒されている。京都では六角勢が三好の大兵力を支えるのがようやくで、攻勢に出るいきおいはなかった。

覚明は十一月になって、監物に命じた。

「いま永原の陣所にゃ、うちの者が三百人ほど出向いてるが、どうにもいきおいが悪いのう。三好が雇うた雑賀衆は、千人ほどどらしいさけ、お前が後巻きに行ってやってくれんかえ。この月の二十四日に、永原の衆と儂らがしめしあわせて、京都と岸和田で総攻めやるんじょ。その使いをお前に頼みたい」

「そらええがのう。いまのうちに六角を援《たす》けなんだら、へたりこむか分らんよ。しかし兄貴よ、儂の組下三百人は、危ない目ぇせんならんのや。その辺りを考えて、鳥目をばはずんでくれんかえ」

「そら、分ってる。これ持って行てくれ」

覚明は、片手で持てないほどの砂金をつめた皮袋を、監物の前に押しだした。

監物は二日後、勝軍地蔵山へむかった。

三好勢が西ノ京、西院の一帯に布陣しているので、宇治から醍醐《だいご》の山裾《やますそ》を伝い、迂回《うかい》してゆく。三百匁《もんめ》玉筒五挺を曳《ひ》き、雪の降りつもった山道を辿《たど》るうち、先行する道案内が駆け戻ってきた。

「この先の坂を下ったところに、およそ五百ほどの人数が野陣を張ってござります」

「なに、この辺りにいる奴らは三好に決まってる。しかし難儀なところにいてくさったなあ。一本道で右手は崖《がけ》、左手は川や。どうにもならん。突き抜くか」

監物は馬を下りた。

「おきた、お前はここにいてよ。もし、危ないときは、もときた道を逃げよ」

「いや、わたいはここで待ってるよ」

頭上の雲が切れ、陽がさしてきた。ちょうど午《うま》の刻（正午）頃であろう。

監物は雪に滑る岩角を伝い、樹間に身を隠し、様子をうかがうため坂の上に出た。眼下の二十間（約三十六メートル）ほど離れた辺りの平坦な草原に、人馬がうごめいている。

陣小屋が見あたらないので、野陣を張っているようでもない。監物はうしろに従う道案内に聞いた。

「ここらにゃ、いつでも三好の人数がいてるんか」

「いえ、めったに見かけまへん。辺鄙《へんぴ》なところだっさかいなあ」

「そうか、儂らが北白川へ出向くのを、待ち伏せひてくさるんか」

岸和田の陣所に、三好の忍者が潜入していないとはかぎらなかった。

しかし、待ち伏せするのであれば、道沿いに姿をあらわしているはずがない。

敵勢は辺りに警戒することもなく、昼餉《ひるげ》の支度をはじめているようである。

「この近所に、あいつらの味方がいてたらちとむずかしいことになるが、あれだけなら蹴《け》散《ち》らして通るのは、できんことでないわのう。ただ、筒音を聞きつけて、敵の加勢が駆けつけてきたら、うるさいことになるがのう。忍びを出ひてみるか」

監物は山道に待たせている味方のもとへ戻り、二人の忍者に命じた。

「お前ら、この辺りを探って、ほかに敵の人数がいてないか、たしかめてきてくれ。二里（約八キロ）ほどのうちに敵の陣所がなけら、坂の下にいてる奴らは、追い散らすさけにのう」

忍者は、いま監物が辿った斜面を、平地を走るように駆けのぼり、たちまち姿を消した。

半刻（一時間）ほど待つうちに、忍者が戻ってきた。

「ほかにゃ、誰もいてないよし。それに、どうやら坂の下の奴らも、どこぞへ行くよなのし。馬の背から下ろした荷を、また積んでますら」

「分った。あいつらは、この峠を登ってくるろ。登りかける前に、撃ち崩ひちゃれ」

監物は、山道の右手の崖へ僧兵たちを登らせる。

百人ほどが登り、射撃の態勢をととのえる。監物が残りの人数を連れて、坂を下りはじめた。山道は、ようやく二人が並んで歩けるほどである。

監物のうしろに続く一群の僧兵たちは、鉄砲を朋輩に預け、両手に焙烙火矢を提げていた。山道を下りてゆく監物たちに気づいた敵兵たちが、けげんそうにこちらを眺め、叫び声をあげた。

「根来の坊主どもが、うせおったぞ」

監物は走りだしていた。

彼は敵兵が武器をとろうと右往左往するなかへ、焙烙火矢を投げた。うしろの僧兵が入れかわり前に出て、つづけざまに投げる。

轟音と閃光《せんこう》にうろたえた敵の人馬が立ちすくむ頭上へ、崖のうえに筒先をつらねた僧兵たちの鉄砲が、雨のように銃弾をそそいだ。敵の軍兵がはじき飛ばされるように倒れ、馬が竿《さお》立ちになる。

「それ行け、焙烙投げたら、鉄砲を撃て」

監物たちは、鉄砲を乱射しつつ坂道を駆け下っていった。

敵勢は不意をうたれ、槍、鉄砲、旗幟《のぼり》を残し四散した。監物は大声で下知《げち》した。

「気ぃ抜くなよ。皆ひとかたまりになれ。動くもの見えたら、鉄砲撃ちかけよ」

監物たちは、砲車、小荷駄を取り囲み、円陣をつくり山麓《さんろく》の雪を踏んで北へむかった。

彼らは日暮れまでに、勝軍地蔵山の六角勢本陣に到着した。監物は永原重隆に、覚明から預かってきた書状をさしだす。

重隆は書状を読み下し、監物にいった。

「世上に噂も高き根来の監物殿が、はるばると後巻き下され、われらは百万の味方を得たるがごとき心地にござる。されば、覚明殿とあい呼応いたし、当月二十四日の卯《う》の刻（午前六時）に、白川口へ総攻めを仕懸けるでござろう」

「相手は三好長慶やさけ、攻めるにむつかしかろうのし。松永兄弟にゃ、儂らもこれまで、何遍も煮え湯呑まされてるよし。うかと仕懸けたら、えらい目ぇに遭わされるさけ、埋伏の手ぇ使うてやったらな、あかんよし」

十一月二十四日の夜明けまえ、六角勢は瓜生《うりゅう》山の陣所から四手に分れて繰りだし、白川口神楽岡《かぐらおか》の三好本陣へ襲いかかった。

先手の根来衆が六百挺の鉄砲で、つるべ撃ちに敵勢を射すくめたあと、槍衆が柵を突破し、敵陣になだれこむ。

「よし、槍衆はこれまでや。儂らが入れかわって、もう一遍鉄砲燻《くす》べちゃる」

監物が、崩れかけた敵勢に追い打ちをかけようとした。

味方が先行しておれば、射撃ができない。だが、槍衆はいきおいに乗って敵を追い、そのあとに刀をひらめかす足軽隊が、陣中の掠奪《りゃくだつ》をはじめていた。

「こら、あかん。どうにもならんろ」

監物はあきらめた。

まもなく総大将永原重隆が神楽岡まで本陣を進めてきた。重隆は監物に礼をいった。

「根来の衆の合力にて敵を追いまくり、会心の勝利にござる。かたじけなや」

監物は首を傾げた。

「まだどうなるか、分りまへんよ。先手が深入りしすぎたさけ、危ないよし」

まもなく、空にどよもす喚声と、押し太鼓の音が近づいてきた。

八

十一月二十四日の昼前から北風が強まり、粉雪が降りはじめた。

「比叡《ひえ》おろしは寒うてたまらんなあ。早う根来《ねごろ》へ去《い》にたいよ」

根来衆は指がこごえては鉄砲を撃てないので、陣中で篝火をさかんに焚き、手に胡麻《ごま》油を塗りこみ、保温にこころがける。

洛東《らくとう》の野山には、おびただしい数の三好勢が集結し、法螺貝《ほらがい》、太鼓を鳴らし、気勢をあげていた。

神楽岡の永原重隆の陣中では、朝の戦闘で取った敵の首級を杭《くい》に刺し、敵勢から見える場所に立てつらねる。

陣所の前には敵の屍体が散乱し、鳥の群れがついばみにきている。一町（約百十メートル）も距《へだ》たっていない敵陣では、しきりに鬨《とき》の声があがっていた。

監物は配下の僧兵たちに指図する。

「この向いに出てきてる奴らは、松永の手の連中や。しぶといさけ、油断すなよ。この様子なら、もうじき押し出ひてくるろ」

五十人一組の僧兵たちは降雪のなか、神楽岡の麓《ふもと》を睨《にら》んでいた。

監物は味方の総大将永原重隆の本陣へ出向き、進言した。

「こっちは人数が多うござりますさけ、どうにも気が弛《ゆる》んで、先駆けしたがる者が多すぎるのし。敵が寄せてきたとき、味方の衆が儂らより先へ出たら、鉄砲撃てまへん。鉄砲放《はなち》の邪魔せんようにしてもらわなんだら、存分のはたらきはできまへんよし」

「あい分った。しかし、朝からの総攻めが敵に押し戻される有様で、こなたも気が焦るばかりでござる。いま一段手きびしく仕懸けねばなりませぬ」

「いや、焦りは禁物やのし。味方は多いけど、松永の人数もふえてきてるよし。この様子なら、横手にも向ってきてるかも分らんさけ、いったん瓜生山まで戻ったほうがええやろのし」

重隆は監物の意見に応じなかった。

「いや、いまひと押しに押しきれば、松永勢を追い退けられよう。まず監物殿から鉄砲を撃ちかけて下されい」

監物はやむなく陣所へ戻り、組頭、小頭を集め、下知した。

「永原殿はこれからまた総攻めをやるさけ、儂に鉄砲を撃てというてるんやが、今度はひょっとひたら、やり損じるかも分らんぞ。そのときゃ、儂らだけで敵を凌《しの》いで退かんならん。まんまるになって、一手ずつかわるがわる撃ちもて引き揚げるんや。儂らが取り残されても、慌てなんだら囲みを破れるさけ、しっかり心の支度ひとけよ」

神楽岡本陣で合図の狼煙があがるとともに、根来衆は五十挺ずつ鉄砲の斉射をはじめる。三百匁玉筒が、地響きをたて咆哮《ほうこう》した。

味方の足軽隊が鬨の声をあげ、岡を駆け下ってきて、監物たちの陣所の横手を、奔流のように駆け抜け、敵勢に向い殺到してゆく。刀槍《とうそう》をふりかざした男たちは獣のように歯を剝《む》き、宙を飛ぶように走った。

松永勢が行手の森蔭《もりかげ》からあらわれ、押し太鼓を雨のように乱打しつつ迫ってきて、永原勢と入り乱れ、白兵戦をはじめた。

監物は高処《たかみ》に片膝《かたひざ》をつき、形勢を眺める。組頭が聞く。

「どうなのし、松永の人数を突き抜けるかのし」

監物は首を振る。

「いや、どうなるか分らんよ。いまひとついきおいがないのう」

松永勢は続々と新手を繰りだしてくる。

「これは、ひょっとしたら味方より人数が多いか分らんろ」

監物は危ぶむ。

やがて右横手から二千人ほどの松永勢があらわれ、横槍を入れてきた。

「こらあかん。大筒は先に曳いて戻れ。皆、退陣《のきじん》や。ひと足先に引き揚げなんだら、取り残されるろう」

円陣を組み、退却をはじめた根来衆のあとを追うように、味方の軍兵がなだれをうって逃げてきた。

監物は馬を下り、声をからして下知する。

「一の手から六の手まで、替りおうて撃て。敵を近寄せんなよ。隙を見せたらしまいや」

永原勢は、追いすがってくる松永勢に、将棋倒しに討ち取られ、首を取られる。

甲冑《かっちゅう》武者は敵の足軽衆の好餌《こうじ》となり、七、八人に襲いかかられ、乱刃のもとに息絶えてゆく。

監物はおきたにいう。

「馬の脇について、首出すなよ。長柄《ながえ》持った奴に狙われるさけのう」

監物は泥濘《ぬかるみ》を蹴散《けち》らし斬りあう一群のなかに、永原重隆の一族永原重澄《しげずみ》の姿を見た。

数人の郎党に護《まも》られ、退却してゆく重澄は、三十人ほどの敵勢に横手から仕懸けられた。郎党たちは長槍で横なぐりに頭を払われ、重心を失ってよろめくところを四方から飛びかかられ、組み敷かれ首を取られる。

重澄は敵の甲冑武者に野太刀で顔を薙ぎはらわれ、朱に染んで倒れると、たちまち首を取られた。

「撃ちまくって、寄せつけんなよ」

監物は部下を励ましつつ、十匁玉筒を取って駆け寄ろうとする松永勢の騎馬武者の胸板を、一発で射貫いた。

間断なく射撃をつづけながら退いてゆく監物たちの傍に、味方の残兵が集まってきて、千人ほどの集団になった。

監物は大声で味方の兵に呼びかける。

「お前ら、うしろへつけよ。前へ立ったら邪魔になる。鉄砲撃てなんだら、共倒れになるろ」

戦場では追撃に移った軍勢は、悪鬼のように残酷になった。

屍体の首級を取ったのち、身につけている武具はもとより、肌着から褌《ふんどし》まで奪い取ってしまう。だが、彼らは監物たちを遠巻きにするだけで、斬りこんでこなかった。鉄砲で、甚大な損害をうけるのを知っているためであった。

根来衆は威嚇射撃をしているわけではなかった。一発の無駄玉もなく、敵を確実に殺傷しつつ、ゆっくりと退却してゆく。

監物たちは夕方までに瓜生山へ引き揚げた。陣中は怪我人の手当てで混雑していた。

「もう一遍、押し返してやらにゃ気が治まらん。夜討ちに行く者はおらへんか」

血気の侍たちは、辺りが暗くなると槍、薙刀《なぎなた》を手に、小人数で忍び出ていった。

陣中は、敵の来襲を警戒して、篝火を焚き、昼間のように明るい。監物はおきたとともに、陣小屋で掻巻《かいま》き布団をかぶって寝た。

翌朝、松永勢は修学院《しゅがくいん》から鹿ヶ谷《ししだに》に至る集落を、ことごとく焼き払い、焼跡に鹿柴《ろくさい》をつらね、堅固な陣を敷いた。

　監物は山上から敵の様子を眺め、組頭たちにいった。

「こうなったら長陣になるのう。こっちから攻めていけんし、松永らもおんなしことや。どっちも睨みあいで、小競りあいをするばっかりやろ。こうなったら三好方は弱いよ。あいつらは、長陣が嫌いやさけにのう。しばらく変ったことが起こらなんだら、いったん岸和田へ去《い》のら」

　監物は、膠着《こうちゃく》状態になった戦場に、長陣を張るのが苦手である。

　岸和田では十一月二十四日の総攻めで、根来衆は久米田の三好実休の本陣へ押し寄せ、侍大将数人を討ち取り、敵を圧倒するいきおいを見せていた。

「京の正月は冷えがきつい。岸和田のほうが住みやすい。永原殿にかけおうてくらよ」

　師走《しわす》なかばになって、監物は永原重隆に申しでた。

「この調子なら、しばらく合戦取りあいはないようやさけ、いったん岸和田へ帰りますらよし」

　重隆は雪の降る冬のあいだは、大規模な作戦行動がないと見て、監物たちの帰還を許した。

「春先になって取りあいがはじまれば、また合力をお頼みいたす。いったんはお引き取り下され」

監物は組下三百人とともに岸和田へ戻った。兄の覚明は、監物を迎えると機嫌よくいった。

「京都じゃ睨みあいか。こっちは押しまくってるよ。三好の人数は、久米田の陣《じん》城《しろ》からめったに出てこんのう。毎晩夜討ち仕懸けて、付け火はするわ、井戸に毒入れるわ、やりたいほうだいや。年かわったら、また総攻めやるさかい、お前らはそれまで根来へ帰って、一服ひてよし」

「そら、ありがたいのう。この頃、野陣張ったら、疲れてかなわん。屋敷へ帰ってゆっくりひてくるよ」

「お前が疲れるのは、おきたを毎晩責めるさけとちがうんか」

覚明が笑った。

「お前の組下の若い坊主らは、いっしょに陣小屋へ泊ったら、毎晩おきたの声で寝られんやて、いうてるろ」

「そら、法螺《ほら》ふいてるんよ」

監物は肩をゆすって、笑いすてた。

永禄五年（一五六二）正月、監物は昼間は紀の川へ野鴨を撃ちにゆくか、寒鮒《かんぶな》を釣って日を過ごす。

夜はおきたと酒をくみ交わし、睦《むつ》みあう。長いあいだなじんだおきたに飽きることがなかった。

「朝寝、昼寝、宵寝で、ほんまに寝てばっかりや。今年の正月は雑煮食いすぎて、一貫匁は肥えたのう。こんど出勢するときゃ、馬泣かせやなあ」

監物の肩から胸に、肉が厚くなっていた。二月も末になって、岸和田から陣触れを伝える使者がきた。

「三月五日に、久米田の三好陣所へ総攻めを仕懸けることになったよし。こんどは畠山、安見の殿さんから、湯川、堀内、玉置らの紀州奥郡《おくごおり》の人数も総出で仕懸けるさけ、阿波の人数を全部叩《たた》き出せるということよのし」

「そうか、そらおもしゃいのう。久米田にゃやっぱり実休がいてるんか」

「阿波から篠原《しのはら》長房《ながふさ》もきてるよ」

「ほう、篠原長房か。そら、ちと手ごわい奴やなあ」

篠原長房は、三好実休麾下《きか》の名将であった。阿波国篠原郷の豪族で、武名は畿《き》内《ない》に聞えている。

「篠原に泡吹かひちゃるか。よし、明日にでも支度ひて岸和田へ行くさけ、兄者《あにじゃ》にそう返事ひてくれ」

監物は翌朝、組下を呼び集め、根来から岸和田へむかった。

山なみの尾根伝いに和泉の野へ下りてゆくと、はるか前方で人馬のどよめきと、豆を煎《い》るような銃声が聞えた。

砲車を曳いていた僧兵が、背に垂らした髪を揺らせ、監物に叫ぶ。

「親玉、もう取りあいがはじまったのと違うかのし」

「いや、あれは小競りあいや。まだ今日、明日のうちにゃ、総攻めはやらんよ」

雪に濡《ぬ》れた落葉を踏みしめ、坂道を下りてゆく馬の背で、監物はおきたにいう。

「お前も大分陣場の数を踏んださけ、女子《おなご》でもなにやらどっしり腰据わってるよに見えるのう。今日は岸和田へ着いたら、本陣で待ってるんやぞ。陣場へ出たら危ない。押ひたり押されたりひて、入り乱れるさけ、三好の奴らに捕まえられたら、なぶり殺しにされるろ」

おきたは、ひきしまった体つきであるが、腰のあたりにいくらか肉がつき、逞《たくま》しく見える。

「お前は具足つけてるさけ、女子と分らんが、冑《よろい》ぬがされたらおしまいや」

おきたは鼻先で笑った。

「それほど大層なこともないやろ。別の男に抱かれるのも、ええかも分らんけん」

「何ぬかす」

監物はおきたの肩をてのひらで打ち、空を向いて笑った。

岸和田の町に入ると、根来衆の陣所が柵門《さくもん》と濠《ほり》をめぐらし、哨兵が槍先をむけるが、監物と知ると、喚声をあげ手を振った。

「監物はん、きてくれたかのし」

「おう、合戦はいつなら」

監物は馬上から聞く。

「まだ四、五日先やろかえのし」

本陣に入ると、先ほどまで立ちこめていた糞尿のにおいが薄らいだ。

覚明は寺院の本堂で、頭領衆と軍議をしていたが、監物が姿を見せると、手招く。

「いま着いたんか。早うこい。来月の五日に久米田へ仕懸けるんや。お前がきたらちと相談しようと思うてたんや」

「何の用事よ」

「久米田の浜へ晩のうちに船で漕《こ》ぎ寄せて、あいつらの関船《せきぶね》を取って、海から鉄砲撃ちかける別手の大将を誰にするか、相談ひてるんよ。お前がやってくれりゃ、ええがのう」

「やってもええよ」

「ちと危ないがのう」

「危のうてもかめへんよ。船の扱いに慣れてるさけ」

頭領たちは絵図面をひろげ、相談をする。

「こっちから晩のうちに船出ひて、久米田の浜につないである阿波の関船の番衆をば放りだす。儂らが山手から久米田池のほうへ攻めかけたら、あいつらは海へ逃げる。そのとき海から撃ちまくっちゃったら、横槍入ったと思うてうろたえる。そこを突いたら総崩れになるろ」

「そらおもしゃい手ぇやが、こっちの浜と向うの浜が目と鼻や。そげな策略ができるかのう」

紀伊衆の軍船のうえから北のほうを見れば、声をかければ届くような海面に、阿波衆の関船が十艘《そう》ほど、舳《みよし》をつらねていた。

「船の番衆を放りだすちゅうても、全部の船を乗っ取るわけにゃいかんやろ。焼くのはできるがのう」

「火船《かせん》でやるんかえ」

「そうじょ。風向き見て、風上から火船ぶっつけちゃったら、十艘のうち五艘ぐらいは燃やせよかえ。そうすりゃ、あいつらは阿波へ去ぬ船が無《の》うなるさけ、あわてらよう。火ぃ消しに行くとこを狙うてちと燻べちゃったら、船の二艘ぐらいは乗っ取れる。それならどうかえ」

覚明が膝《ひざ》を打った。

「そら、おもしゃいのう。その手でやってよう。早速に火船の支度せえ」

本陣である久米田陣城攻撃は、夜攻めと決まった。火矢を射かけ、焼け玉を放って陣所を焼き、一気に乗りかけるのである。

三好実休、篠原長房は、総勢五千余の阿波衆を率い、猛烈な反撃を見せるであろうが、海上から火の手があがれば、腹背に敵をうけることになり、うろたえる。

監物は雲雀《ひばり》の啼《な》く海辺へ出ると、地元の船乗りたちを集めて命じた。

「ちと大きめの舟を十艘ほど集めてこい。腐りかけてるような舟でもええ。孔《あな》に板張って久米田の浜まで動かひたらええんや。舟にゃ藁《わら》をば積めるだけ積みあげよ」

火船には乾燥した麦藁を山のように積みあげ、阿波衆の関船の風上に出てひそかに漕ぎ寄せ、藁に油をかけ火を放ってもたれかからせる。

関船は火船を突きはなそうとしても、もたれかかってくるので、どうにもならない。そのうち、火が燃え移って関船も炎上する。

三月五日の日没を待ち、監物は三百人の組下を連れ、久米田の浜へ忍び寄った。

「立つな、這《は》えよ。敵は目のまえにいてるさけにのう」

久米田陣城の柵門のなかで話しあう、阿波衆の声が聞えてくる。

組頭のひとりがつぶやいた。

「これやったら、屁《へ》えこいても聞えるのし」

監物のまわりに忍び笑いがひろがった。

九

監物は砂浜にあぐらを組み、沖合を眺めていた。彼は組頭に注意をする。

「油断ひたらあかん。篠原の手の者らは、野山の取りあいには強いさけ、わいらがここに隠れてるのに気ぃついたら、柵のなかから飛び出てきくさるぞ。あいつらの槍戦に巻きこまれるまえに、逃げるしかないんじょ」

篠原勢の足軽衆は、三間柄の長槍をつらねて押し出してきて、敵を叩きまくる。槍先で突き刺すような、なまやさしい遣いかたではない。

六寸（約十八センチ）ほどもある穂先は、鉈《なた》の刃のように頑丈で、それで上下左右に叩きつけ、薙《な》ぎたてて前進してくれば、攻められるほうは逃げるしかなかった。

「五十挺ずつ六組で撃ちまくっちゃったら、いかな槍衆でもへこたれるやろかのう」

監物は敵勢をできるだけ多く殺傷できるよう、三十匁玉筒を使って炮烙火矢《ほうろくびや》を撃ちかける支度をととのえていた。

夜風が冷えてきた。

「蛙が啼きだひてきたら、夜討ちは敵に覚られやすいけど、いまは気どられることもないさかい、こげな眼の前で坐りこんでられる。酒は飲めんがのう」

まもなく大勢の男たちが命を落す戦《いくさ》がはじまるが、陣場に慣れた監物たちは、まったく緊張を覚えない。

たがいの耳朶《みみたぶ》に口をあて、ささやき交わしつつ、忍び笑いを洩《も》らす。

「西風が吹いてきたのし。火船がもうじききますやろ」

組頭が沖合に眼をこらす。

「あっ、きたよし。岸和田からあそこの鼻をまわりこんできたよし。ひい、ふう、みい、十艘やのし」

十艘の火船は、麦藁を積みあげ、影のように海面を動いてくる。

櫓《ろ》音を忍ばせているが、黒影はまもなく発見されるだろう。

阿波衆の軍船は、舷《ふなばた》から綱をのばし、海面に浮き篝《かがり》を置いている。板に載せられた浮き篝は、鉄籠《てっかご》のなかで火の粉を散らし、揺れていた。

その火明《ほあか》りをうけた火船の形が、おぼろに浮きあがってくると、軍船のうえで鋭い叫びが走った。

「何かくるぞ。ガンドウを持ってこい」

ガンドウ提燈《ちょうちん》の光の帯が縦横に走り、軍船のうえで警戒を知らせる鉦《かね》が鳴りはじめた。

阿波衆が舷から鉄砲を撃つ光が、蛍火のように見える。

「いま気ぃついても、仕方ないのう。漕ぎ手を撃つしかないけど、くらがりでは無理やろ」

軍船のうえで松明《たいまつ》を持った男たちが右往左往する。

「棹《さお》じゃ。長棹持ってこい」

阿波衆は、麦藁を山のように積みあげた船が火船であると知って、あわてて舷に長棹、十文字槍を集め、衝突されたときに突き放す支度をする。

桶《おけ》で海水を汲《く》みあげ、船上を濡《ぬ》らす作業がはじまった。手槍を持った軍兵たちが、海へ飛びこむ。火船に泳ぎついて、船底に孔をあけ、沈めるためである。

「孔をあけるうちに、当るよ。もう間にあわん」

監物は傍に坐《すわ》っているおきたにいった。

「また殺生をするかよ。ほんまに男は戦が好きぞね」

「お前は何が好きなら」

「男に決まっちゅうがよ」

「あほぬかせ」

監物は、おきたの頭を、頭形兜《ずなりかぶと》のうえから叩《たた》いた。

火船は射撃を受けながら、阿波の関船が碇泊《ていはく》している一町ほど前まで接近すると、麦藁に火を放った。

油をかけている麦藁は、たちまち燃えあがり、辺りが真昼のように明るくなった。

軍船から恐怖の叫びがあがった。幾艘かの船があわてて碇《いかり》をあげ、沖へ逃げようと櫓を使いはじめたが遅かった。

十艘の火船は海面を滑るように動き、つぎつぎと軍船に衝突する。

軍兵たちが懸命に火船を突き放そうとするが、燃えあがる藁束が頭上から崩れ落ちてきて、体に火がつくとたまらず海に飛びこむ。

久米田陣城の柵門がひらき、大勢の軍兵が浜に走り出てきた。小舟で軍船に乗り移り、消火するためである。

監物は大声で叫んだ。

「それ、撃ちやれ。無駄玉は撃つなよ。一町（約百十メートル）先の角撃《かくう》ちや。遊んでるよなもんじゃ」

根来衆は、組頭、小頭の指図のままに、五十挺ずつ交替で射撃をくり返す。

阿波衆はうろたえ、柵内に逃げ戻って竹束を担ぎだし、炎上する関船に乗りこもうとした。

「ここらで炮烙火矢を撃ちかまひちゃれ」

銅の半球を二つ、腹あわせにしたなかに硝薬と無数の鉛玉を詰めた炮烙火矢の、木の柄を三十匁玉筒の銃口に差しこみ、口火に点火して引金を引く。

火矢はまっすぐ空にあがり、反転して敵の頭上へ落ちかかる途中で、爆発した。しだれ柳のように尾を引いて散弾が八方へ飛び、軍兵が薙ぎ倒される。

監物の海陸からの奇襲は、成功した。

「流星花火をあげよ」

合図の花火が、蒼白《そうはく》の光を放って夜空へ昇ると、岸和田の味方の陣所で鬨《とき》の声があがった。

根来衆を先頭に、畠山高政、安見直政、遊佐信教《ゆさのぶのり》らの軍勢が、浜辺の砂を巻きあげ押し寄せてくる。

阿波衆の関船は、必死の消火のかいもなく、三艘が燃えあがり、傾いていた。

監物が命じた。

「わいらは山手から撃ちまくっちゃろら。ここにいてたら、味方の馬に踏みつぶされるろう」

監物は三百人の組下とともに、五挺の三百匁玉筒を載せた台車を曳いて、山手へ走った。

双方の人数は、いずれも五千を超えている。不意をつかれた三好勢は、しばらく混乱したが、迅速に立ちなおってきた。

両軍が入り乱れる白兵戦となったので、監物は部下に命じた。

「わいらは岸和田へ去《い》のら。この辺りでぐずついてたら、阿波の奴らの槍先くらうぞ」

監物は三好勢のすさまじい反撃の有様を見て、いちはやく引き返すことにした。

岸和田の本陣に戻った監物は、硝煙に汚れた顔を洗い、さっそく部下たちに酒をふるまう。

「わいの肴は馴《な》れ鮨《ずし》や。それに焼鳥も持ってこい」

寺院の庫裡《くり》で徳利《とっくり》の酒を傾けていると、表が騒がしくなってきた。

走り出ていった小頭が戻ってきて、告げた。

「味方は総崩れや。逃げてくるろう」

監物は乾いた笑声をたてる。

「根来衆は、こげな陣場では死にともないさけ、逃げるやろ。畠山や安見、遊佐の人数は、命を惜しむばっかりの寄せ集めの奴らや。負けてあたりまえやろ。しかし、これからが勝負や。こっちの柵際にゃ、湯川、堀内、玉置らの、紀伊奥《おく》郡の侍衆が待ち構えてる。四国勢がなるべく久米田の陣城から離れるのを待ってるんや。押し返ひて、皆殺しにするつもりやろ」

監物はしばらく考えていたが、やがて組頭たちを呼んだ。

「わいらで、ちょっと手柄をたてやんか」

「どげな手柄かのし」

「山手を遠まわりして、三好の本陣に鉄砲撃ちかけるんよ。三好衆はいったん岸和田まで押ひてくるが、きっと押ひ返される。三好の後詰《ごづめ》の人数は、味方の旗色が悪うなったら加勢に出てくる。そうなりゃ、久米田の本陣は手薄になるろう。そこを狙うて本陣へ一番乗りひちゃろらよ」

「いかさま、そらうまい考えや。お頭はわいらとは思いつくことが違うのう」

監物配下の僧兵たちは、鉄砲の手入れをはじめた。

押し太鼓、退き鉦、法螺貝の音が入り乱れて空にひびき、彼我の喚声が地をどよもすなか、監物たちは陣所を出てゆく機をうかがう。

監物の推測の通り、紀伊奥郡の獰猛《どうもう》な地侍たちは、篠原長房麾下の阿波衆精鋭をものともせず、突きたて、斬りまくる。土煙をあげ、剣戟《けんげき》のひびきもすさまじく戦う地侍衆の威力が、しだいに敵を上まわってきた。

阿波衆のうちに、傷つき後退する者がしだいにふえてきた。朋輩《ほうばい》に担がれてゆく血に染んだ亡骸《なきがら》を見る阿波衆は、しだいに気力を失ってきた。

紀伊湯川衆の精兵四、五十人が、敵の右横手から喚声とともに斬りこんでゆくと、阿波衆の一角が崩れた。

「退くな。とどまれ」

指図役が声をからして絶叫するが、阿波衆の中陣に動揺がひろがる。

紀伊の士卒がいきおいに乗り、槍先をそろえ突っこんでゆく。

久米田の三好陣所から、法螺貝を吹き鳴らし、旗差物をつらね、新手の軍勢が押し寄せてきた。

監物は望楼のうえから小手をかざして眺める。

「やっぱり出てきくさったのう。三好の後詰が総出やぞ。久米田の本陣を見よ。旗もまばらや。さあ、行こら」

「わたいも行くで」

おきたがいうが、監物はとめた。

「ちと危ないさけ、ここに残ってよ」

「わたいだけあとへ残るのは、いやや」

「わいは、殺しあいに行くんや。お前が気になるよな姫御は、一人もいてへん。怪我ひたら足手まといやさけ、ここにいてよ」

おきたは監物の剣幕を見て、仕方なくあとに残った。

監物たちは一団となって山手へむかった。差物を背負った敵の騎馬武者十騎ほどが、百人余りの雑兵を連れてくる。

「追い払え」

監物の声に応じ、数十挺の鉄砲が火を吐き、幾人かの侍が馬上から転げ落ちる。

敵は方向を変え、退いていった。

久米田陣城を眼下に見る、なだらかな丘陵のうえに出た監物は、あとから追いついてくる味方を待つ。配下の三百人のほかに、五百ほどの根来槍衆が同行していた。

監物は槍頭の往来《おうらい》右京《うきょう》という侍と並んで久米田の様子をうかがう。

「城にいてるのは、たかだか百人ほどやなあ。皆陣場へ出てるさけ、ぬけがらや」

「残ってるのは、総大将の三好実休か」

「大将の首取って、褒美貰《もろ》おらよ」

「よし、そうするかえ」

監物たちは鉄砲衆が先手となり、山手から久米田陣城へ押し寄せる。

城内にはわずかな軍兵がとどまっているだけで、鉄砲の一斉射撃を浴びせても、まばらな応射の音が聞えるばかりである。

「ほんまに人数すくないのう。このまま押し入ろら」

監物と往来右京は、配下に命じた。

「これから城を取り抱えるぞ。柵を砕いて乱入せえ」

鉄砲衆が三十匁玉筒を放って柵門を破壊し、城門の扉を撃ち倒す。

わずかな数の敵勢は、銃弾を雨のように浴びると、斬って出る気力も失い、武器を捨て、身ひとつで堺のほうへ逃げ去ってゆく。

「皆、逃げくさるか。ほや、城を頂こうかえ」

城門を入ろうとすると、突然銃声がとどろき、味方の足軽数人が倒れた。

「なんじゃ、まだいてたか」

足をとめると、きらびやかな具足に身を固めた侍の一団が、白刃をひらめかせ押し出してきた。

「あれは実休の旗本や。一人もあまさず討って取れ」

鉄砲衆は侍たちを、すべて撃ち倒す。

主殿のほうから、ひとりの具足武者が出てきた。

彼は名乗りをあげた。

「儂《わし》は三好実休じゃ。手柄にしたい者は首を取れ」

声に応じ、往来右京が十匁玉筒を取りあげ、轟然《ごうぜん》と放つ。胸を撃ち抜かれた敵将実休は、前のめりに倒れ伏した。

実休戦死ののち、頑強に戦っていた岸和田城の安宅冬康は、海路淡路へ逃げうせた。久米田陣城は監物らに占領され、高屋城を守っていた三好の兵は、飯盛山城へ逃れた。

畠山高政は和泉、南河内の旧領を回復して、協力者たちに褒美を与えた。勝利の端緒をひらいた監物は、砂金三貫匁を受けた。

実休は高屋城への退却を家来たちからすすめられたが、応じることなく久米田の陣中を死場所と定めたのである。

実休の辞世は、つぎの通りである。

「草枯らす霜また今朝の日に消えて
報いのほどはついに免《のが》れず」

実休はそれまで戦場で倒した敵の亡魂の恨みを身に受け、死んでゆくのだと観じたのである。

久米田の合戦で大敗した三好勢は、高屋城に踏みとどまることができず、飯盛山城へ潰走《かいそう》した。三好実休戦死の報が飯盛山城にもたらされたとき、長慶は城内客殿で谷宗養《そうよう》、里村紹巴《さとむらしょうは》らとともに連歌会を催している最中であった。彼は悲報を受けたのちも泰然として態度を変えることがなかった。

客の一人が、

「葦間《あしま》にまじる薄一《すすきひと》むら」

と詠んだ。

長慶は即座に、

「古沼の浅きかたより野となりて」

とつけ、一座の人々は当意即妙の出来ばえに感じいったが、会が終ってのち、長慶が敗戦を告げたので、その心中をあらためて察した。

久米田の敗戦を知った京都の三好衆は、大混乱に陥った。長慶の長男義興は、六角勢と戦うことなく、西院、梅津の城を捨て、勝龍寺城へ退却する。将軍義輝は岩成友通が護衛して八幡に動座させた。

三好長慶は、畠山高政ら敵兵に飯盛山城を包囲されたが、動揺の色をあらわさず、毎夜、城外へ足軽衆を夜討ちに出させる。弟の実休を失った傷手を顔にあらわさず、局面の展開を待つ、したたかな長慶を頼り、敗軍の三好衆が飯盛山城へ戻ってきた。

根来衆は畠山勢とともに、高屋城にいた。

「だんだんと時候がようなってくるのう。梅雨が明ける時分には、長慶が動きだしてくるやろかえ。ちと細作《さいさく》（忍者）はたらかして、飯盛の様子を探ったら、どうなえ」

監物が兄の覚明に聞く。

「そうやなあ。ここに長居ひてたら、なんぞ悪《わ》りことが起こるよな気ぃするのう。お前が細作に出てくれたら、いっちたしかやけどのう」

覚明にいわれて、監物が応じた。

「ほや、二、三人若衆を連れて、物見に行くか」

百姓姿になり、三好衆の拠点である木津川沿いの摂津下郡《せっつしもごおり》へ情勢探索に出向くのである。五月はじめ、梅雨入りまえの静かな晴れつづきであった。おきたがいう。

「わたいもついて行くえ」

「お前はやめとけ。今度こそ危ないろ」

「細作やったら、女子《おなご》連れて行くほうがえいぞね」

「いや、いまは一帯が陣場やさけ、危のうて、男でも歩きかねる物騒な土地や。女子ら連れていたら、それこそ目ぇつけられるよ」

監物はおきたをなだめ、夜のあいだに高屋城を出た。

翌朝、摂津下郡の三宅《みやけ》城の近くまで行ってみた監物たちは、おどろく。

木津川の岸辺には旗差物を立てた川船が続々と下ってくる。附近の集落には人馬が満ちあふれ、野原にも仮小屋が板屋根をつらね、褌《ふんどし》ひとつの軍兵が炊煙をたてている。

「こら、えらい人数やのう」

葦刈りの人足に化けた監物は、頬かむりをして、辺りを見まわす。二人の根来衆とともに木津川の土手にたたずんでいると、突然うしろから声をかけられた。

「こりゃ、おんしらはここで何しちょる」

阿波訛《なまり》の軍兵が二人、とぎすました槍先を突きつけてくる。監物は頭を下げた。

「わたいらは近在の百姓でござります。海苔《のり》の簀《す》をこしらえる葦を刈りにきまひたんで、ほんまにあいすみまへん」

軍兵が監物を睨《にら》みつけた。

「おんしらは、百姓らしゅう見えんぞ。なんとなく侍のようじゃ。陣所までこい。糾問しちゃるけん」

しっ、しっと犬を追うように声をあげ、監物たちを連れて行こうとした。

彼らに従うふりをして歩きだした監物は、石に蹴《け》つまずき転ぶふりをして、一人の足をつかみ、ひねった。

軍兵は声をあげ、尻餅《しりもち》をつく。その隙に二人の根来衆が、いま一人の軍兵を羽交い締めにした。

監物は二人の首筋に当身の一撃を加え、失神させると草むらへ引きずりこむ。

「こげなところにぐずついてたら危ないろ。すぐ去《い》のら」

彼らは青草の波打つ野のなかを、一散に駆け去っていった。

十

梅雨になって、摂津の野面に頬かむりをした雑兵《ぞうひょう》が、木蔭《こかげ》で蚊を追いながら昼寝をする姿が眼につくようになった。

小荷駄隊も、道がぬかるみ、行動に手間がかかるので、あまり動かない。

三好の部将松永久秀は、大和多聞山《たもんやま》城から淡路、阿波へ帰陣していた三好康長、政康、安宅冬康に連絡をとった。山城《やましろ》、丹波に在陣している三好義興、松永長頼にも檄《げき》を飛ばし、摂津下郡の三宅城附近に集めた兵力は、二万を超えた。

三好長慶のたてこもる飯盛山城を包囲する根来、畠山勢は三万である。

京都と飯盛山城下にあるイエズス会教会につとめるポルトガル宣教師たちは、しだいに戦雲が濃くなってくるのを感じとり、たがいに手紙で連絡を取りあい、いざというときは避難する場所を、淀川の中洲《なかす》にきめていた。

監物は糠雨《ぬかあめ》の降りつづくなか、蓑笠《みのかさ》をつけて、連日敵の陣所附近をさまよい歩く。陣所のまわりには、茶店、飯屋、風呂《ふろ》屋、娼家《しょうか》が、急造の板小屋の庇《ひさし》をつらねている。

蠅が飛びまわり、すえた残飯のにおいがただようその辺りに、乞食《こじき》をよそおいしゃがみこんでいると、士卒が酒に酔い、語りあう声を聞くことができる。

彼らは軍機にかかわることであろうと、おかまいなしに、大声で放言する。

「今朝、阿波から着陣した衆は、どれほどやった」

「五千じゃ」

別の声がいう。

「いや、七千じゃ」

「ほんなら、そろそろ畠山を征伐することになるんか」

「まだあかん。もっと人数をふやしたうえでのことや」

雑談に、またあらたな声が加わった。

「多聞山の大将は、偽手紙で畠山の衆を仲間割れさせようと、謀《はか》っておるんじゃ」

「え？　それはどういうことや」

「畠山と遊佐、安見は、かねてから仲がわるい。いまはたまたま一手になっているが、ちょっと反間《はんかん》の策を使《つこ》うてやったら、じきに仲間割れしよるんじゃ」

「ふーん、そんな謀《はかりごと》がうまいこと運ぶかのう」

監物は雑兵たちの話を聞きおえると、連れている根来衆をうながす。

「いまの話は、いかにもありそうなことや。さっそく帰って注進せんならんさかい、いまから飛んで去《い》のら」

監物はただちに高屋城へ引き返し、覚明《かくみょう》に報告した。

「あいつらは、儂らを仲間割れさせるつもりらしい。偽手紙がきたら、気をつけなあかんのや」

覚明はうなずいた。

「たしかに、敵には妙な動きがあるんよ。昨日あたりから三好、松永の人数が、知らん間に教興寺へあらわれたんや」

「ほんまか。儂らと高屋城の味方とのあいだへ割りこんできたか」

「そうや。晩のうちにおよそ六、七千も出てきたらしい」

教興寺（大阪府八尾市教興寺）は、高屋、飯盛山両城のほぼ中間にあった。

覚明は肩をゆすった。

「一万にも足らん人数で、儂らの足をとめられるかえ。気にすることはないわ」

「そうかのう。偽手紙でこっちを仲間割れさす計略をたててるらしいがのう」

覚明は監物に頭を下げた。

「おおきに、それは松永弾正《だんじょう》（久秀）あたりが、やりかねんことや。気ぃつけるよう守護殿にも申しあげておくよ」

監物はわが陣小屋に戻った。

おきたが、首に腕を巻きつけてきた。

「幾日も、わたいをひとりで置いちょってからに、ほかの男に色目つかわれんかと、気にならんかね」

監物は笑って彼女を抱きしめる。

「お前は妙に固いところのある女子やさけ、気にはならんよ」

「それでも、これほどの男好きのするわたいを放りだしておいて、気がかりにならんというのは、わたいに飽いてきちゅうためじゃぞね」

「そんなことはないよ。儂はお前がいてなんだら、生きてる心地せんほど惚《ほ》れてるんじょ」

「そんなら、早《は》よう証拠見せておくれ」

監物は溜息《ためいき》をつく。

「いま帰ったばっかりや。行水《ぎょうずい》つかうあいだくらいは、待っててておくれ」

彼は汗のにじんだ野良着を脱ぎすて、ひきしまった裸体をあらわした。

覚明は、監物のもたらした情報を書状にしたため、飯盛山城下の畠山高政のもとへ送った。

偽手紙は、数日後に高政の陣中へ届いた。摂津下郡に着陣している三好義興が、畠山方の遊佐信教、安見直政にあてた書状である。義興は高屋城にいる遊佐、安見に、畠山高政の謀殺を急がせる督促状を、陣僧に持たせた。

陣僧は畠山勢の陣所附近を通りがかって怪しまれ、捕えられ、遊佐、安見への密書を押収された。

高政は手紙が偽物と見破ったが、幕僚の紀伊奥郡衆《おくごおり》、丹下、玉置らの諸将が怪しみ騒ぎはじめた。

「これは偽手紙でないように思うがのう。三好長慶はただ者でないさかい、こげな謀をたくらみかねんよ。儂らはいまのうちに、逃げ支度をととのえとかな、あかんぞ。こっちのほうが大人数やと気を許してたら、逃げ道をふさがれて、袋の鼠になるさかいのう」

彼らが浮き足立っているところへ、二日後、偶然に飯盛山城下へ出陣している安見直政麾下の部将から、酒宴に誘う書状が高政のもとへ届いた。

「風呂をたて、宴席を設けるので、お越し下さい」

その手紙は偽物ではなかったが、丹下、玉置ら紀伊衆が、臆病風《おくびょうかぜ》に誘われた。

「やっぱり遊佐、安見らは背きくさるんや。逃げ道を断たれたら、皆殺しにされるぞ。いまのうちに逃げよう」

高政は懸命に制止しようとしたが、紀伊衆一万四、五千は、霧雨のなか高野街道を南下退却しはじめた。

畠山勢の飯盛山城包囲陣は、崩れ去った。畠山高政は、手兵を率い踏みとどまっても三好勢に勝てる見込みがないので、やむなく紀伊衆のあとを追い、高屋城へ落ちのびようとした。

教興寺一帯に野陣を張り、待ち伏せていた三好勢は、長蛇の列をつくって退却してゆく畠山勢に、側面から襲いかかった。

激戦は、五月十九日の夜明けまえから起こった。

高屋城にいた根来衆は、紀伊奥郡衆が潰走したと聞き、高野街道に押し寄せたが、餓狼《がろう》のような三好方の伏兵に襲いかかられ、激しい白兵戦に引きずりこまれた。

監物はおきたと組下の根来衆三百人とともに、間道を走り、紀見峠へむかった。

「敵が網を張ってるなかへ斬りこんだら、無駄に命捨てるだけじゃ。いったんこの場を斬り抜けよら」

銃声と剣戟《けんげき》のひびきが湧きかえる闇中を、人馬の気配のない方向へ逃げてゆく監物たちの前に、突然おびただしい黒影があらわれた。

「おのれらは、どこの者じゃ」

激しい口調で問いかけてくる。

根来の僧兵たちは、輪火縄《わびなわ》に火を点じ、膝撃ちの姿勢をとる。

監物が問い返す。

「そっちから先に名乗れ。わいらはそれから名乗ったるわい」

闇をすかし見ていた相手のあいだから、声があがった。

「こいつらは根来の僧兵じゃ。髪を垂らしてるぞ」

監物がすかさず叫んだ。

「撃ちやれ」

百挺《ちょう》の鉄砲が火を噴いた。

悲鳴とともに眼前の敵勢が逃げ散ろうとする。すかさず、二の手の百挺が銃声をとどろかせた。

敵の物頭が喚《わめ》きたてる。

「退くな、斬りこんで蹴散らせ」

三の手の銃声が咆哮する。

槍先をつらねた先手が突撃すると、どれだけいるか見当もつかない敵勢が潰走しはじめた。

「いまじゃっ、去のら」

監物は、おきたの腰に麻縄を巻き、その端をわが腰帯にくくりつけた。

「まっくら闇のなかじゃ。この縄先を持って、はぐれんようについてこい」

監物は六匁玉筒を手に、いらくさを踏みわけ、紀見峠の方角へ走った。

峠の手前の羽曳野《はびきの》では、畠山、三好両軍の死闘が展開されていた。至るところに松明の火光が揺れ走り、剣戟《けんげき》のひびきと怒号がいり乱れる。

猛勇を知られた紀伊奥郡衆は、追撃をうけると踏みとどまり、果敢な反撃をくり返した。追っている三好の軍兵《ぐんぴょう》たちが薙《な》ぎ倒され、なだれを打って逃げる。

夜が明けると、紀見峠の登り口附近は、敵味方の屍骸で覆われた。紀伊奥郡衆の討死には八百人、根来衆の討死には二百人。追撃を仕懸けた三好勢の討死には八百人、怪我人は千余人にのぼった。

軍兵の消耗だけを見れば互角であったが、紀伊奥郡衆は名のある指揮官を数多く討ち取られたので、立ちなおれないほどの打撃をうけた。

畠山高政は手兵を率い、高屋城へ入城しようとしたが、三好勢の伏兵に襲われ、陣形を乱したまま堺へ逃げ入った。

教興寺の一戦で、畠山方が大損害をこうむったという通報が京都に届くと、六角義賢は即座に兵を退き、近江の領国へ引き揚げていった。

こののち、三好政権が畿内《きない》を制覇する時期が、数年つづくことになる。

監物はおきたとともに根来へ戻ったが、敵の銃弾を肩先にくらい、一時は疵口《きずぐち》が膿《う》んで命も危うい重態となったが、ひと月ほどの養生ののち、ようやく回復した。

彼はおきたとともに、紀の川沿いの山野を散策する日を過ごした。

疵口が元通りに癒え、外見では壮健に見える監物であるが、身動きすると肩の筋がしきりに痛んだ。

「なにやら妙なのう。いままでどこひとつ痛みもせんときは、それがあたりまえやと思てたが、痛むところが出てきたら、達者であったことがありがたかったのやと、つくづく分るよ」

おきたは応じた。

「旦那は、達者できたさかい、それがあたりまえやと思うてたがじゃろ。ちと怪我して、痛むところが出てきたら、わが身を庇う気がまわるようになるきに、ちようどええのじゃ」

監物は、柔軟なおきたの体を抱きしめていう。

「お前は、どこひとつ病まぬ女子やなあ。ほんまに坂田の金時みたいに、いきおいがええわい」

「わたいは、旦那といっしょに暮らしちょるあいだは、達者ぞね。気が合うきに、毎日の暮らしが楽しい。そうすりゃ、食べるものもおいしかろうがね」

監物は座敷の薄縁《うすべり》に寝ころがって、天井を見ながら、つぶやくようにいう。

「いままで、なんとも思わんと剣の刃渡りみたいなことばっかりひて生きてきたが、運がよかったんやなあ。陣場でどれだけ人の死ぬのを見てきたか。ひと思いに死ぬんならともかく、痛い、痛いともがきまわったあげくに、ようやく静かになったと思たら、死んでた者も、めずらしなかった。儂みたいに弾創《たまきず》やったら、手当てもしやすいが、薙刀《なぎなた》で頭殴られて眼の玉飛び出た者や、臍《へそ》から背中まで矢が突き刺さった者が、三日も四日も唸《うな》り通しで死ぬのはむごい。こんなにひて、ちょっと怪我ひてお前とゆっくり養生ひてたら、こげなおだやかな暮らしをいつまでもつづけたいと思うでなあ」

おきたはうなずく。

「わたいは旦那といっしょなら、どこで暮らしてもええが、殺しあいを見るのにも飽いてきたような気もするぞね」

夏のあいだ、監物はおきたと毎日を無為に過ごした。

とんぼが澄んだ風のなかに浮かび、夕方になると虫の音がすずろに聞える季節になった。

監物はようやく体力が回復し、疵の痛みも消えたので、ひさしぶりに角場《かくば》へ出て、十匁玉筒の町撃《ちょうう》ちを試みた。

弾丸硝薬を込め、一町先の的に射撃をする。狙いは正確で的の中心に命中した。

そばで組子の根来衆たちが見物していた。彼らはほめそやす。

「やっぱり、親玉はえらいものやなあ。わいらと腕がちがうよ」

監物は鼻先で笑った。

「町撃ちぐらいで、なんでえらいもんよ。ちと左の肩にひびくかどうか、試しただけじゃ」

紀の川のほうから鍋鶴《なべづる》が四、五羽飛んできて、根来の森のうえを飛んでゆく。

「お頭《かしら》、あれ落ひてみてくれよ」

見物していた若者が、弾丸《たま》込めした六匁玉筒を差しだした。

「よし」

監物は受けとり、筒先を空へむけ、ゆっくりと動かし、引金を引いた。銃声が鞭《むち》音のように鳴りわたり、角場の人々は空を見つめる。鍋鶴の一羽が羽根を空中に散らし、石のように落ちてきた。

根来衆たちが、歓声をあげた。

「やっぱり、ほんまに巧《うま》いのう」

おきたが、撃ちとめた鍋鶴を拾ってきた。

「これを鍋にして、一杯やろうぞね」

屋敷に帰ると、覚明が座敷に坐《すわ》っていた。

「兄《あに》さん、いまきたんかえ」

「おう、ひさしぶりに顔見にきたんよ」

「ちょうどよかったよ。今夜は鍋鶴撃ってきたんで、一杯やるんじょ」

「そら、ええなあ」

覚明は燈台の傍にあぐらをかいた。

根来衆は、その後も勢力がさかんになるばかりであった。諸国の大名から、鉄砲隊を傭《やと》いたいという注文が、ひっきりなしにくる。梅雨に入った頃、死闘を交わした三好衆からも、誘いがきた。

覚明はその晩、監物、おきたと鍋をつつきながら、世上の噂をした。

「近頃、三好長慶はキリシタン伴天連《バテレン》の面倒をみてやっておるそうや」

「ほう、飯盛山にキリシタン寺があったが、ホルトギスの坊主もきたんかえ」

「うん、ビレラちゅう坊主がきてるそうや。長慶の家来で、主立った名のある侍が七十人ほども、帰依《きえ》ひたそうや。三箇《さんか》伯耆守《ほうきのかみ》、池田丹後守も、信心ひてるらしい」

「どっちも、城持ちやなあ。いままで、陣場で人を殺しまくってきたのが、改心ひたんかえ。改心ひても、人を殺さんわけにはいかんやろがのう。やらなんだら、やられるさかいなあ」

覚明はうなずく。

「そらそうやがのう。ところで、尾張にも伴天連の坊主を近づける大名がいてる。今川義元を討ち取って名をあげた、織田信長や」

「名前は聞いてるなあ。兄さん、信長からなんぞ注文きたんかえ」

覚明は大きな坊主頭をうなずかせた。

「そうよ。撰《え》り抜きの鉄砲放《はなち》を三百人でも四百人でも傭いたいというてきた。金銀は惜しまぬということやが、お前、行てくれるかえ」

「尾張のう。金しだいで、行かんこともないがのう。伊勢《いせ》あたりまでは行たことがあるが、その先は知らん土地や。めずらしい景色見てくるのも、一興や」

「そうかえ、承知ひてくれるかえ。ほいたら、三百人連れて行ておくれ。来月には出立すると、返事ひとくさかいにのう」

監物は、左肩を軽く叩《たた》いた。

「疵ももう痛まんし、ひとはたらきしてもええ頃や」

覚明が帰ったあと、監物は寝間でおきたと抱きあい、開けはなした縁先の空に光る月を眺めた。

「また、陣場へ出ていかんならん。お前は、ついてきてくれるか」

「あたりまえのことを聞くのかえ。根来にひとりで置いていかれたら、淋《さび》しゅうてならんがよ」

十一

永禄五年(一五六二)晩夏、監物《けんもつ》はおきたと三百人の根来衆《ねごろ》を従え、紀の川口から鳥羽《とば》への廻船《かいせん》に乗った。

船が荒浜の沖へ出ると、監物は浜辺の松林のむこうに小高く見える、虎伏山《とらふす》の雑賀《さいか》衆の矢倉を眺める。

「ここらあたりの景色も、しばらく見んことになるやろのう。ひと稼ぎひたら、さっさと戻ってこうらえ」

和歌の浦片男波《かたおなみ》の白砂の長い砂嘴《しゃし》のつらなりを左手に眺めつつ、日の岬の沖を枯木灘《かれきなだ》のほうへ南下してゆく。

晩夏の海は凪《な》いでいて、廻船は順調に南下し、潮岬《しおのみさき》を東へまわりこみ、新宮《しんぐう》で風待ちをした。二日後、鳥羽湊《みなと》に着くと、織田信長の愛妻生駒《いこま》御前の兄生駒八《はち》右衛門《えもん》の率いる、生駒党の侍大将二人が出迎えにきていた。

彼らは船に乗りこんできて、監物に挨拶《あいさつ》をした。

「これは、日本国にはじめて鉄砲を伝えられし、名高き津田監物殿にてござるかや。遠路はるばるお越し下され、われらは百万の味方を得たる心地にござるだわ。われらの御大将はもとより、殿にもお待ち兼ねでござる」

監物は浅黒く陽灼《ひや》けした頬に笑みを浮かべて応じた。

「これはご丁重なご挨拶、いたみいってござる。われらは根来杉ノ坊の指図にて参りし根来衆にて、鉄砲戦《いくさ》に慣れぬきし精兵《せいびょう》揃いなれば、ひと通りのはたらきはできようと存ずるよし」

杉ノ坊覚明は、尾張郡村に城郭のような館《やかた》を構える、生駒八右衛門とはふるい知己であった。

八右衛門はもと大和国生駒に住む忍者であった。応仁の乱の以前、忍者は伊賀、甲賀だけではなく、大和一帯に住んでいた。

八右衛門は応仁の乱で、近畿《きんき》全土が戦乱の巷《ちまた》となったとき、土豪の十市《といち》氏と戦って敗れ、尾張へ移住し、紺染めの原料である油と灰を扱う商人となったのである。

彼は信長が擡頭《たいとう》すると、その情報役として重要な立場になった。八右衛門は、かつて信長の一族である織田信清《のぶきよ》の被官であったが、いまは縁を切った。富裕な八右衛門は、広大な屋敷に土居《どい》掘割をめぐらし、諸国の兵法者、忍者、修験者など、屈強の男数十人を、常に寄食させ、諸国の情報を集めていた。

蜂須賀小六《はちすかころく》も、生駒家の縁者である。小六の祖父は、美濃《みの》斎藤道三《どうさん》が美濃を奪《と》るまえの国主であった土岐《とき》氏のもとで、代官をつとめていた。

土岐氏没落のあと、小六の父蔵人《くらんど》は海東郡蜂須賀村の名主をつとめていた。小六は弟二人とともに、木曾川筋七流に蟠踞《ばんきょ》する野伏《のぶせ》り数千人を配下にする、川並《かわなみ》衆の頭目となっていた。

彼らは蜂須賀党と称し、尾張、美濃のあいだを徘徊《はいかい》し、諸大名に傭われ陣場稼ぎをする、放埒《ほうらつ》無頼の荒くれどもであった。

生駒八右衛門が信長の家来になったのは、信長の代官佐々内蔵助成政《さっさくらのすけなりまさ》の誘いをうけたためである。

小六も八右衛門と行動をともにした。

信長は尾張の城主のあいだで、歌舞音曲を好むうつけ者といわれていたが、八右衛門たちは、信長の隠している本性を見抜き、家来になった。

九年たったいま、信長の愛妾《あいしょう》は、八右衛門の妹吉野《きつの》である。吉野は生駒御前と呼ばれる側室であるが、実際は正室の立場にいた。

信長は彼女に嫡男奇妙丸、次男茶筅《ちゃせん》丸、長女徳を生ませていた。

前年、根来杉ノ坊のもとをおとずれた八右衛門の使者は、摂津、河内の三好畠山の合戦で勇名を馳《は》せた根来鉄砲衆を傭い入れたいと頼んだ。

「われらが殿信長さまには、尾張の米高五十六万石に美濃五十四万石を加えれば、百万石を超える大身代となりまする。三河《みかわ》の松平元康《もとやす》（徳川家康）殿と手を組みしうえ、たやすく美濃を取り抱うべしと思いしが、大きな目算はずれでござった。

これまで幾度も美濃に乱入しかけては、手痛き目に遭いししだい」

信長は、美濃攻めの根拠地として、木曾川、飛騨《ひだ》川を越えた西美濃洲俣《すのまた》に城を築こうとした。永禄三年（一五六〇）五月下旬である。

「洲俣には東より木曾川、西より長護寺川（犀《さい》川）、五六《ごろく》川、糸貫川、天王寺川が尾張川（長良《ながら》川）に流れこみ、一帯が洲の俣と呼ばれるごとき地となっておりまする」

尾張川東岸までは尾張の領分だが、西岸の洲俣は美濃である。

洲俣の北東三里に稲葉山城、西南二里に大垣城があり、洲俣に砦《とりで》を築こうとすれば、敵の攻撃は避けられない。

美濃国主斎藤義龍《よしたつ》は、六尺五寸殿と呼ばれる巨漢で、父道三を弑《しい》したのち、一万数千の斎藤勢を率い、犬山の織田信清、北近江の浅井長政と誼《よしみ》を通じ、尾張へ乱入して信長を倒す機をうかがっていた。

「義龍めに先手を取られてはならぬだわ。是非にも洲俣に出城を作事いたせ」

信長の命令により、佐々内蔵助が佐久間信盛とともに、軍兵六百余人を率い、洲俣へむかった。

内蔵助たちが人足を督励し、河中の石を拾わせ、二百数十間の土塁の石積みをなかばしあげた頃を見はからい、斎藤勢が急襲してきた。

斎藤勢はおびただしい軍兵を繰りだし、織田勢を追い払い、石積みをすべて突き崩した。

信長が二度めに洲俣を攻めたのは、六月初旬であった。千五百の兵を率い、洲俣へ渡った信長は、附近の田畠薙《でんばたな》ぎをおこなう。

たちまち斎藤勢三千余人があらわれ、つづいて大垣城から城兵千余人が、土煙をあげ駆けつけてきた。

信長は乱戦になれば勝ちめがないと見て、味方の軍兵をまとめ退却した。

三度めに洲俣へ出撃したのは、八月下旬である。千人の兵を率い洲俣に乱入したが、斎藤勢とすさまじい激戦になった。

柴田権六《ごんろく》（勝家）、森可成《よしなり》が敵勢に取り巻かれ、危うく討死にするほどの情況のなかで、ようやく清洲《きよす》城に引き揚げた。

覚明は、八右衛門の使者から洲俣攻めの話を聞かされたとき、感心した。

「織田上総介《かずさのすけ》殿は、なみの大将ではないようやな。一気に美濃へ押し寄せんと、斎藤の出様をはかっていやる。なかなかのものやのう。四度めはいつ攻めたんや」

「前年にござるだわ」

永禄四年五月十一日、斎藤義龍が三十五歳で急死した。

信長はその報を、細作《さいさく》からうけると、千五百人の軍兵を率い、五月十三日の夜明けまえに洲俣へむかったという。

「そんときも千五百人かえ。ほんまに用心深いお人やのう」

旋風陣と呼ばれるほど迅速をきわめた信長の行動であったが、斎藤勢も油断はなかった。

義龍の嫡男である十四歳の龍興《たつおき》を、家老たちが輔佐《ほさ》して十四日に、六千余人で押し寄せてきた。

信長は四倍の敵勢に正面から攻めかかり、敵将長井甲斐守《かいのかみ》、日比野下野守《しもつけのかみ》、神戸将監《かんべしょうげん》ら百七十余の首級をあげる戦果を得た。

だが、洲俣を確保できなかった。洲俣は、水面よりわずかに高い、小松の生い茂った低地で、人足たちが石を積みあげ砦を築こうとすれば、敵の馬蹄《ばてい》に踏み散らされ、防ぎようがなかった。

使者はいう。

「急なる流れをいくつも越えてゆかねばならぬゆえ、柵《さく》、逆茂木《さかもぎ》などを運べませぬ。積石だけでは、蹴散《けち》らさるるばかりにござるだわ」

「それで、これよりどうされるつもりや。どうせ美濃に押し入るつもりなら、洲俣を奪らなあかんやろ」

「そのために、ご舎弟監物殿のご合力《こうりょく》を仰げとの、われらが主人八右衛門の下命にござるだわ。いま織田家中には鉄砲三百五十挺《ちょう》あるばかりにて、監物殿が三百挺と、三百匁玉筒五挺あれば、洲俣の敵を撃ちひるませるはたやすきことと存じますれば、是非にもお頼み申しあげまする」

八右衛門は、監物たちを二年間傭《やと》うに充分な砂金を支払ったので、遠路尾張へ出向くことになったのである。


監物たちは、清洲城で信長に目通りをしたとき、射撃の披露を命ぜられた。考えぶかそうな眼差しの信長は、監物の来援をよろこんでいたので、丁寧に扱った。

彼は清洲城外の五条川の河原に出て、監物にいった。

「むかいの河原に敵があらわれたと見て、撃ってくれぬか」

「あい分ってござりまする」

監物は惣髪《そうはつ》を背中で束ねた僧兵たちに命じた。

「この前の河原に横陣をつくれ」

「分ったよし」

指図役が小頭たちに命じた。

「いま聞いた通りや。左右へひろがれ」
五、六メートルを隔てた、むかいの河原へ実弾射撃をするのである。
小頭たちは、それぞれ五十人の配下を率い、六隊に分れ、横陣を敷いた。

対岸には数百の角（標的）と、材木を組んだ柵門が立てられていた。

「あの門なら、三百匁玉一発で消し飛ぶよ。右手から順番に撃っていけ」

「それ、撃ちやれ」

右端に展開した五十挺が火を噴く。

五十枚の角に、大孔《おおあな》があいた。

間をおかずつぎの一隊が斉射をおこなう。落雷のような音がつづけさまに轟《とどろ》きわたり、角がすべて撃ち抜かれた。

河原には硝煙が濃く流れている。

「つぎは柵門じゃ。それ、撃ちやれ」

三百匁玉筒が、地響きとともに咆哮《ほうこう》する。土煙があがり、柵門の材木が空中に吹き飛ぶのが見えた。

信長は上機嫌で、空をむいて笑声をあげた。

「これは小六の鉄砲隊もかなわぬだでなん。三百挺を五十挺ずつ撃てば、玉の切れ目もないだわなん。大筒もかほどのものを五挺も放てば、敵は肝をつぶしおるだわ」

監物たちは、面目をほどこして引きさがった。

彼らは、清洲城内の長屋に逗留《とうりゅう》せず、客分として暮らすことになった。

八右衛門は監物にいった。

「そなたらがはたらきを見せるは、来年の四、五月頃かのん」

「それまでは、鉄砲稽古《げいこ》だけひてたらええんかのし」

「そうじゃ。殿はもうじき三河の松平元康殿と手を組んだるうえにて、美濃洲俣へ押し入らるるだわ」

蜂須賀小六は、又十郎、小十郎の二人の弟とともに、生駒家をしばしばおとずれた。

小六の兄嫁は八右衛門の娘であるので、彼らは生駒の広大な館を、わが家のように心得ていた。

小六は、橋本一巴《いっぱ》直伝といわれる信長に劣らないほどの、鉄砲の名手であったが、五十歩離れた場所から紐《ひも》にぶらさげた胡瓜《きゅうり》を撃ち抜く、根来衆の妙技には遠く及ばなかった。

小六たちは監物に鉄砲射撃の要諦《ようてい》を教わろうとした。

「鉄砲は、稽古ひたら誰でも上手になるちゅうもんでもないわのう。剣術とおんなしで筋のええ者は、じきに上手になるが、ようない者は、なかなか上達せん。このおきたでも女子《おなご》やが、五十歩離れたとこから、胡瓜を撃つぐらいのことはやるで」

彼はおきたにいう。

「お客人らにお見せしよし」

おきたは使い馴《な》れた二匁五分玉筒を取りあげ、馴れた手付きで弾丸硝薬を銃口から装塡《そうてん》し、槊杖《かるか》で手早くつきかためる。

夏の暑気のなかで、火薬は不安定になっており、ちょっと手荒くつかれると発火するので、鉄砲を扱いなれているつもりの小六たちでさえ、入念に槊杖を使う。もし装塡しているあいだに火薬が爆発すれば、手の指を粉砕されるだろう。おきたはなめらかな動作で立ち撃ちの姿勢をとる。

「あれを狙えばえいぞね」

「そうじゃ。胡瓜の胴なかを二つに砕け」

「あいよ」

おきたは鉄砲を構え、目当《めあて》（照準器）をのぞくこともなく轟然《ごうぜん》と発射した。

胡瓜は砕け散った。

おきたがうそぶいた。

「こんなのは、弾丸の無駄使いぞね」

小六は嘆声を発した。

「儂《わし》らにゃ、とてもできんでやなも。どうすりゃ、おきたさんのように手早う撃って当てられるかや」

監物はいった。

「まあ、数撃つことか。それしかないやろのう。引金引くのに、力入れすぎるのと違うか。寒夜に霜の下りる如くひけと、儂らはいうてるんやけどのう」

「なるほど、寒夜に霜の下りるごとくかや。静かに鉄砲を動かさんように引くのでや」

「それと、目ざすものを撃つときに、当ったと思うて撃つことやなあ。当るかどうか、分らんと思うて撃っても、めったに当らんさけにのう」

根来の僧兵のなかには、夜目の見える者がいた。

暗夜でも半町先に動く人影を見分け、撃つことができる。

土砂降りの豪雨のなか、火皿に革の雨覆いをかけ、射撃をするのは、根来衆の得意とするところであった。

小六たちは監物を師匠と尊敬するようになった。

「監物殿の射芸は、人間業《わざ》ではないでやなも。戦場で根来衆を敵にまわさば命がないと聞いておりしが、まことじゃなあ」

永禄六年（一五六三）正月になった。

信長は三河の松平元康を清洲城に招き、攻守同盟の約定を交わした。

後顧の憂いのなくなった信長は、永禄六年五月上旬、軍兵六千余人を率い、洲俣にむかった。

洲俣には、佐々内蔵助の率いる軍兵六百人と人足数千人が先発し、河中の石を拾い、夜を日についで石塁をこしらえ、信長の来着を待った。

信長は大軍を率い、洲俣に着陣したのち十四条（岐阜県本巣《もとす》市十四条）に進出した。

総勢を五段として、敵勢を待ち構える。

附近は数百町の水田がひろがり、視界が遠方までひらけている。

やがて万余の斎藤勢があらわれ、五町（約五百五十メートル）ほど離れた辺りに布陣した。

両軍は対峙《たいじ》したまま日を過ごし、五月二十三日に激突した。

監物たちは洲俣の塁を固めていた。

「味方が追われてきたら、ここで立ち直らせにゃならんのや。皆油断すな」

朝の合戦では兵数に劣る織田勢が苦戦した。乱軍のなかで、信長の甥信益《おいのぶます》が討ち取られた。

日が暮れてのち、織田勢は態勢を立て直した。

小六らが至るところに伏兵を出し、火を放ち、鉄砲を撃たせ、敵を混乱させる。

斎藤勢は動揺して十七条城からさらに南の十九条城まで織田勢に奪われたが、夜が明けると織田勢はふたたび後退し、洲俣の砦に戻った。

万余の敵が乱入しようとするのを阻んだのは、落雷のような三百匁玉筒の砲撃につづく、三百挺の鉄砲の斉射であった。

根来衆の射撃は、五十挺ずつ、切れめもなくつづいた。

織田鉄砲衆も百五、六十挺の火を噴かせたが、命中率は根来衆のなかばにも及ばなかった。

洲俣砦の正面に根来衆が砲列を敷いているので、斎藤勢は両脇から攻めかけるが、そこは石塁が高く積まれているので、押し入ることができない。

敵が動きをひそめると、根来衆の火砲も沈黙するが、鬨《とき》の声をあげ突撃をはじめると、先頭に立つ兵は将棋倒しに倒されるので、退き貝を吹かざるをえなくなる。

監物は八右衛門にいう。

「硝薬をいまのうちに運ばしておくれ。鉄砲は水で冷やしもて使うてるさけ気遣いないけど、硝薬が少ななってきたろう」

洲俣砦は、監物らの活躍により四日間ももちこたえた。

だが五日めの朝、清洲城から使い番が駆けつけ、急を告げた。

「犬山織田十郎左が、宇留間《うるま》、犬山、於久地《おぐち》の人数を狩りあつめ、清洲お城へ押し寄せる形勢にござりまする」

信長は即座に決断した。

「いたしかたもなし。この地をいったんは引き揚ぐるといたそうず」

十二

洲俣攻めに五度も失敗したと、斎藤方の嘲《あざけ》りの声が、尾張に聞えてきた。

信長は清洲城へ帰ると、さっそく犬山の於久地城へ丹羽《にわ》五郎左衛門をやり、城主織田信清の目代《もくだい》、中島左衛門に開城をすすめさせた。

丹羽と中島は朋友《ほうゆう》であるが、呼びかけても姿をあらわさず、家老が開城をことわった。

信長は、ただちに於久地城攻めの支度をはじめた。

於久地城は東西四十五間（約八十一メートル）、南北五十間（約九十メートル）、四方に三重の塀をめぐらし、申丸《さるまる》という出城を構えている。

「紀州の田ぁの蛙もよう啼《な》くが、この辺りもぎゃあぎゃあと、夜通し啼きくさるのう」

監物は清洲の町屋の奥座敷で、風通しのいい縁先に出て、おきたとともに紀州から持ってきた干柿の砂糖漬けをかじりながら、臑《すね》にとまった蚊をたたく。

「魚は桑名《くわな》から魚売りがきよるき、わりとあたらしいさかい、酒の肴《さかな》にやこと欠おきたがひきしまった体を監物にもたせかけていう。

「これ、人に股倉《またぐら》は見せるもんでなかろが」

監物が、小袖《こそで》のまえをはだけたおきたの膝《ひざ》を叩《たた》く。

おきたは、笑みを見せ、監物の首に手をまわし、口を吸う。

「のう、こんなことをしてても何にもならんき、奥の部屋で寝ようぞね」

「陽の高いうちから床を急ぐくさるかえ。ほんまに身ぃ保《も》たんのう」

「ちょっと抱くぐらい、何のこともなかろうがね」

監物は、おきたを抱き、奥の寝部屋へ入ろうとした。

寝部屋には、四布《よの》布団が敷きっ放されていて、二人の体の香がこもっていた。

まだ八つ（午後二時）下がりであるというのに、監物たちが真っ裸で睦《むつ》みあっていると、縁先で小頭の声がした。

「お頭え、おいでなはるか」

「おう、何事や」

監物はおきたの腹のうえに乗ったまま答える。

「またひと仕事やよし。今夜、於久地城に取りかけるんで、出てもらいたいと、かんぞね」

清洲の足軽大将から触れがまわってきたよし」

「そうか、お城へ行て、弾丸硝薬を充分に貰《もろ》うてこい。大筒の台車にはかす草鞋《わらじ》も、たっぷり貰うとかな、動かんよになるさけのう」

信長は、戦死者の遺族、怪我人への見舞いの金子《きんす》にもこと欠く手詰りの状況になっているので、敵と一戦を交え、勝利を得て、あらたな財源がほしいのである。

彼は監物ら根来衆には、最初の約束通り、過分の報酬を支払っている。根来衆の火力がなければ、美濃侵略は無理であると知っている。

六月一日の夜明けまえ、信長は五千の兵を率い、於久地城を急に攻めた。

監物たちは、先発して高所に陣を置き、信長の戦いぶりを見物する。

「あれ見よ、なかなかにきびしい攻めかたするやないか。あれなら三好、松永の連中に勝るとも劣らんぞ。織田の軍勢は勘定高いばっかりで、陣場はたらきはいまひとつやと聞いてたが、そうでもないのう」

信長の馬廻《うままわ》り衆は、馬を捨て、用意してきた竹束を堀へ投げこみ、浮橋としてたちまち石垣に取りつく。

大柄な力士が掛矢をふるい、大手門の厚板を連打するが毀《こわ》れない。

「根来の衆、一発三百匁玉を燻《くす》べてくれい」

監物は声に応じ、五門の三百匁玉筒を陣所のまえに曳《ひ》き出す。

「あげな門やったら、五十匁玉でも砕けるが、ひとつ火事起こひちゃろかい」

監物は三百匁玉筒に焼玉を入れて撃つため、用意してきた鉄丸を使うことにした。

仰角をあげ、硝薬を充分に詰めこんだ三百匁玉筒の筒口に、真っ赤に焼いた砲丸を転がしこむと、たちまちくわっと、顔を撲《ぶ》たれたように空気が振動し、煙の尾を曳き三百匁玉が飛びだしていった。

狙いは誤たず、門扉をこっぱ微塵《みじん》に打ち砕いた焼け玉は、城内をころげまわり、柵門《さくもん》、板塀などに引火させ、焔《ほのお》をあげはじめた。城内からも、パチパチと応戦する鉄砲の音が聞えてきた。

「猪口才《ちょこざい》やないか。わいらを相手にひて鉄砲燻べくさるんか。ほや、こっちも撃ちやれ」

根来衆の鉄砲が、天地を引き裂くような轟音をたて、大手門に集中すると、敵の鉄砲、矢はたちまち沈黙した。

信長は監物たちの掩護射撃のもと、千余の軍兵を率い、小曲輪《こくるわ》まで攻めこんだのち、ころあいを見はからって引き揚げた。

城主の中島左衛門を脅やかし、降伏させるのが狙いである。

於久地城攻めで、生駒党の侍二人が討死にを遂げ、主将の生駒八右衛門が、右腿《もも》に鉄砲疵《きず》をうけた。意外な深手で、床に就いてしまった。

監物は、おきたにいった。

「信長ちゅう旦那《だんな》は、ただものやないのう」

「なんでじゃ」

「美濃へ攻めこむのに、前支度を念入りにするさかいなあ。犬山の織田信清をはじめとひて、木曾川筋の美濃地侍を抱きこみにかかってるさかいのう」

「今度、清洲から小牧山へ、本城を移すというちょるがのう」

「それや。小牧は二百五十尺（約七十五メートル）ほどの小山やが、尾張は原っぱばっかりやさけ、美濃攻めの足場には持ってこいや。木下藤吉郎ちゅう家来を知ってるか」

「あの、猿とか小猿とかいわれちゅう男じゃろう」

「うん、あれがなかなか抜け目のない男で川並衆の蜂須賀小六を、とうとう味方に引き入れたというさかいのう」

信長は、木曾川周辺の土豪を味方に引き入れつつ、小牧城下の市を繁昌《はんじょう》させ、民家を集めていった。

足軽長屋は十二棟、厩《うまや》は五十間（約九十メートル）の広々とした構えである。侍屋敷は小牧山南麓《なんろく》で、新屋は間取りもひろく、庭に松、花の木なども植えられている。城は二層の茅葺《かやぶ》きで、屋上には三間（約五・四メートル）四方の物見台があった。

中島左衛門は、信長の威勢に押され、とうとう於久地城を明け渡した。

永禄七年（一五六四）になった。

監物は戦がなければ、給銀を貰っているのも肩身が狭いと、根来へ引き揚げようとしたが、丹羽五郎左衛門がとめた。

「信長旦那は、尾張五十六万石だけにては飽きたらず、美濃五十四万石、さらには北伊勢、南伊勢をあわせ、およそ二百万石をわがものになされしうえ、ご上洛《じょうらく》のおつもりじゃ」

「ほや、天下一統を本気で望んでおられるんかのし」

「そうじゃ」

「それやったら、三好、畠山らとは器が違うのし」

監物は唸《うな》った。

「天下一統のためには、監物殿はもちろん、根来衆すべての鉄砲放《はなち》の力を借りたいつもりでおらるるかのん」

五郎左衛門が、思いがけないことをいった。

「根来の鉄砲放は、三千人もおるけどのう」

「多けりゃそれだけ好都合でや。監物殿は、戦のないうちは鉄砲の手入れなどして、遊んでいやれ」

監物は、おきたに内心を洩《も》らした。

「信長ちゅうのは、ほんまに大物やのう。わいらもしばらくは、ここで腰すえることになりそうやなあ」

永禄七年三月、信長は近江北三郡を領し、守護京極《きょうごく》氏の執権職から戦国大名となった浅井備前守長政と、婚姻により攻守同盟を結んだ。

信長は十七歳の異腹の妹、お市御寮人を長政にめあわせ、義兄弟の盃《さかずき》を交わした。お市は、近国に無双と聞えた美人である。

その頃、諸国大名は激変の兆をあらわしはじめていた。

越後の上杉謙信は、天文二十二年（一五五三）以来、武田信玄と五度にわたる大合戦を演じていた。

謙信は永禄四年閏《うるう》三月、上杉憲政《のりまさ》から関東管領《かんれい》職をうけつぎ、長尾政虎《まさとら》、ついで輝虎《てるとら》と名乗るようになっていた。

武田信玄は、北条、今川と同盟し、領土拡張をはかっている。

北条氏康は天文二十三年、娘婿の古河公方《こがくぼう》足利晴氏《あしかがはるうじ》を幽閉し、関東の実権を握った。

中国の毛利元就《もとなり》は、山口の大内義隆《よしたか》が重臣陶晴賢《すえはるかた》の謀叛《むほん》により滅亡したのち、新勢力としてあらわれ、山陰の尼子《あまこ》氏と決戦をかさねている。

京都では、室町幕府管領細川家の被官三好長慶が、永禄七年七月に病死し、その家臣であった松永久秀が、京都所司代《しょしだい》として勢力を伸ばしはじめていた。

監物は、信長が美濃攻めに成功すれば、三好長慶よりもはるかに実力をそなえた、軍事政権の統率者として、京都に進出するであろうと推測していた。

十一月下旬、蜂須賀小六と木下藤吉郎は稲葉山《いなばやま》城（のちの岐阜《ぎふ》城）下の攪乱《かくらん》をおこない、城のある瑞龍寺《ずいりゅうじ》山を煙硝で焼きはらい、城下の加納《かのう》市場一帯を占領した。

監物は、信長が、まもなく正親町《おおぎまち》天皇の宮廷御料所の回復、御所の修理につき密勅をうけたことを知った。

彼は夜、おきたと床をともにしているとき、信長のおそるべき性格について語った。

「あの男はのう、越後の上杉輝虎や甲斐の武田信玄に対しては、ほんまに家来のようにへりくだって書状をしたため、貢物を送りくさる。しかし、内心では、あの連中をいつか打ち倒して、天下一統をするつもりや。ほんまに底の分らん男やぞ」

監物は、小牧城の兵具蔵にある、三百五十余挺の鉄砲が、粗末な堺筒《さかいづつ》で、鉄砲放の腕前も粗末であるため、信長が根来衆を放さないことを知っていた。

だが、将来のことは分らない。根来衆が必要でないほどの戦力をそなえるようになったとき、信長は監物たちを、弊履を捨てるように捨て去るであろう。

監物たちは、たいした合戦に出るわけでもなく、毎日角場《かくば》に出て鉄砲の射的訓練に日を過ごした。

信長も激務の間を割いて、角場に出てきては、大口径の十匁玉筒を撃つ稽古《けいこ》をした。

監物は、もろ肌をぬいだ信長の左右の肩に手をあて、立ち撃ち、膝台《しつだい》撃ちの要領を教えた。

信長は勘がするどく、監物の指示に鋭敏に従った。

「お殿さまは、鉄砲を構えたとき、体に力が入ってないさけ、悪いところを直しやすいよし」

監物がいうと、信長は笑った。

「子供の頃より馬を責めて参りしゆえ、身のこなしは自然に早《はよ》うなっておるだらあず」

永禄九年八月二十九日、信長は風雨はげしく洪水の悪天候のなか、木曾川を渡り、加納口から美濃側の岸に着いたが、斎藤龍興にただちに応戦され、大敗北をして退却した。

監物はそのとき、悪天候を理由として参陣しなかったが、心中で敗北を予想したため動かなかったのである。

加納口からの攻撃が不成功に終れば、西方の洲俣から攻めるよりほかはない。

木下藤吉郎、蜂須賀小六たちは、洲俣進出の支度を急いだ。

小六は川並衆大工、清洲《きよす》大工棟梁《とうりょう》衆を率い、木曾川中洲《なかす》松倉表の小松原で小屋をつらね、用材切りそろえに力を傾けていた。

川並衆のうち、千人を超す人数が山に入り、出材を筏《いかだ》に組み、川流しをする作業に従事していた。

九月十一日夜半、洲俣へ進発の刻限がきた。

大小長屋十、矢倉十、塀二千間（約三・六キロ）、柵木《さくぎ》五万本を積んだ筏が、夕方までに松倉瀬に着いた。

材木を運ぶのは、総勢二千五百人の川並衆である。これまで、洲俣築塁には、佐久間信盛、柴田勝家が、兵三千、人足五千を率い出陣して、退却した前例があった。

監物は根来衆とともに三百挺の鉄砲を担ぎ、遊軍として参加していた。

大垣城から斎藤勢が押し寄せてきたとき、主力となって戦う火力は、根来衆である。

全員が風雨のなか、洲俣についたのは翌日未《ひつじ》の刻（午後三時）であった。

軍兵、大工、人足は、飯を立ったまま食らいつつ、柵木を泥中に打ちこみ、藤《ふじ》蔓《づる》でゆわえつける作業に熱中した。

馬柵は高さ六尺（約一・八メートル）、横木を四段にとりつけ、藤蔓、麻縄で千鳥がけに結び、二重につらねる。

弾丸よけの俵、蓆《むしろ》は、高値でおびただしく買いあつめた。

作業をはじめて一刻（二時間）もたたないうちに、斎藤勢五、六千人が密集隊形であらわれ、法螺貝《ほらがい》を吹き鳴らし、鬨《とき》の声をあげ殺到してきた。

二重の馬柵が、二百間（約三百六十メートル）ほどできあがっていたので、監物たちは蓆のかげに身を寄せて待つ。

斎藤勢は、織田勢が小人数と見くびっていたので、間近に接近してきた。

「いまじゃ、それ撃て」

監物が叫び、根来衆は五十挺ずつ正確な射撃をはじめた。

無駄玉はほとんどない。

二重の柵木を引き抜こうとした斎藤勢は、将棋倒しに撃ち倒されてゆく。

雨中の射撃に熟練した根来衆は、風雨が強まっても火力に衰えを見せず、狙い撃ちで薙《な》ぎ倒す。

斎藤勢は、ついに織田勢を撃退できず、おびただしい死傷者を出して退却していった。

洲俣の柵木は、翌日のうちに五百余間にわたり三重に設けられ、八日めには、塀、矢倉、武者長屋、廏まで仕上げられた。

信長は築塁成功の引出物として、藤吉郎に銀子百枚、金子五十枚を与えた。彼はひそかに本陣へ監物を呼び、礼を述べた。

「そのほうの合力あればこそ、洲俣が取れしだわ。これを取れ、当座の褒美でや」

監物が押しいただいた金袋には、金子二百枚（二千両）が入っていた。

監物は根来衆のすべてに、五両ずつを分け与えた。

それから一年間、根来衆は美食に飽きる日を過ごした。

永禄十年（一五六七）八月十四日、信長は一万五千余の軍勢を率い、美濃へ乱入した。

監物は部下とともに、殿軍に属していた。

「肌身をあわせての斬りあいは、わいらの仕事ではないさかいのう。うしろからついて行きやええんじょ。これで信長殿も、百十万石の大身代となったのう」

稲葉山城に入り、残敵の掃蕩《そうとう》、処分を終えた信長は、城下の加納市場を、楽市《らくいち》場《ば》とする制札を発した。

「加納市場に移り住む者は、信長領地のうちを自由に通行させる。借金、借米、借地料そのほかの諸税負担は、一切免除する。

織田家譜代の臣といえども、制札に反し商人に圧迫を加えてはならない。

また権力にものをいわせての売買行為、狼藉《ろうぜき》、喧嘩《けんか》、口論、不法な用件の使者を市場に入れ、宿をとらせて横暴のふるまいをさせてはいけない」

監物は、感心した。

「いままでに、こげな触れを出ひた大名はなかったのう」

十三

信長は永禄十年（一五六七）の年内に、稲葉山を岐阜、稲葉山城を岐阜城とあらためた。岐阜とは、周の文王《ぶんおう》が岐山《ぎざん》に兵をあげ、天下を平定した故事にちなむ、縁起のよいものである。

その年五月十七日に、信長は長女徳姫を、家康嫡子《ちゃくし》信康《のぶやす》に嫁がせた。信康、徳姫はともに九歳である。

秋になって、武田信玄の四男勝頼《かつより》に嫁いでいた信長の姪《めい》が、男児を生んだのち急逝《きゅうせい》した。

小牧城にいる監物は、信長の外交戦術の冴《さ》えに感じいった。

「今度、信長殿は、嫡男奇妙丸の嫁に、信玄の息女菊姫を貰《もら》いたいと、懇望ひてるそうやなあ」

監物は仲のいい織田家の細作（間者）頭から、その噂を聞いていた。奇妙丸、菊姫はともに十二歳であった。

「武田家の家老らのうちじゃ、そげなことは無用じゃと諫言《かんげん》する者もいてるそうやが、どうやら信玄は承知ひたらしいのう」

信玄は、新興勢力の信長を軽視してはいない。

十二月、信長は甲州へ結納の品を送った。

信玄に虎の皮、豹《ひょう》の皮各五巻、緞子《どんす》百巻、鞍鐙《くらあぶみ》十口、菊姫に白梅、紅梅の織物四百反、帯上中下三百筋である。

信長は、伊勢南北十三郡を狙っていた。

南五郡は、伊勢国司北畠《きたばたけ》氏の所領である。北畠氏は村上天皇の末裔《まつえい》、一品准后《いっぽんじゅごう》入道親房卿《ちかふさきょう》の子孫である。勅命によって伊勢国司となってのち、壱志《いっし》郡《ごおり》多芸《たき》に居館を置き、多芸の御所と呼ばれていた。

北畠氏は一万五千の兵力を擁し、要害に拠り、たやすく征服できる相手ではないが、北伊勢には大勢力がなかった。

木下藤吉郎は、信長の下命により、川並衆千三百余人を率い、蟹江《かにえ》城主滝川一《かず》益《ます》の三千余人の軍勢とともに、北伊勢を襲った。

信長は、その年から家臣へ知行申しつけの書状に「天下布武《てんかふぶ》」の印文を刻んだ宋《そう》印を使うようになった。

宋印の文字は楕円《だえん》形、輪郭一重で、信長の天下統一の意志をあきらかにしている。

美濃を占領した信長に、妹のお市御寮人と婚約した浅井長政が、急に接近してきた。浅井は、応仁の乱の頃まで織田氏とともに尾張、越前両国の守護、斯波《しば》氏の家老をつとめていた朝倉氏と、数代にわたり深い縁をむすんでいた。

永禄七年（一五六四）、お市御寮人との婚約と同時に信長と攻守同盟を結んだが、朝倉との関係をおもんぱかり、協力をためらっていた。しかし、信長の勢力が巨大になったいまは、ぐずついておれば領土を侵略されかねない。

永禄十一年（一五六八）正月、監物は三百人の根来衆とともに、岐阜城下へ移る命令をうけた。

彼は長良川の畔《ほとり》に屹立《きつりつ》する、稲葉山のはるかな山頂に聳《そび》える岐阜城を見あげ、おどろいた。

「なんと高い山のうえにあるんやのう。こげな城をば、落せる者はなかろかえ」

一年後の初夏、ポルトガル、イエズス会司祭ルイス・フロイスがおとずれた美麗をきわめた城郭は、建築の最中であった。

フロイスは、記録にのこしている。

「宮殿は非常に高い山の麓《ふもと》にあり、山頂に彼の主城がある。おどろくべき大きさの截断《せつだん》されない石の壁が、それを取り囲んでいる。

第一の内庭には、劇とか公の祝祭を催すための、すばらしい材木でできた劇場風の建物があり、広い石段を登ると、ゴアのサバヨ（宮殿）のそれより大きい広間に入り、前廊と歩廊があって、そこから町の一部が眺められた」

廊下の厚板地は鏡のようにとぎすまされ、絵画と金屏風《びょうぶ》で飾られた二十ほどの、すばらしく美しい部屋があった。

いくつかの部屋は、純金の縁取りがされていた。

廊下の壁面には、金地にシナや日本の物語が描かれていた。ニワと呼ばれる五つの庭園には池があった。

「池にはまばゆい白砂が敷かれ、美しい魚が泳いでいるのが見えた。池のなかの岩のうえには、いろいろの花卉《かき》や植物が生えていた。

宮殿の二階は婦人部屋で、一階よりもはるかに優美につくられ、廊下にはシナでつくられた金襴《きんらん》の幕がかかっていた」

三階は茶室で、四階から城下を展望できる。

「城内には、華麗な衣裳《いしょう》をまとった、非常にちいさな男がいて、信長の面前で歌い踊って、座を沸かせた」

フロイスは、信長が家臣に奉仕されている有様におどろく。

「私がもっとも驚嘆したことは、この君主がいかに異常に家臣に奉仕されているかということであった。

彼がちょっと手で合図するだけで、家来どもは凶暴な獅子《しし》のまえから逃れるかのように、ただちに消え去り、大あわてをした。

そして彼が室内から一人を呼んだだけでも、外で百人がきわめて抑揚のある声で返事をした。彼の命令を伝達するには、飛ぶか火花の散るように走って行かねばならないといっても過言ではない。

いかなる重臣も、信長と語るときには地面に顔をつける。彼のまえで、眼をあげる者は誰もいない」

何かの用件のある者は、信長が城から出て、山麓《さんろく》の宮殿に下りてくるのを途中で待ちうけねばならなかった。彼は城に入ることを、ごくわずかの者にのみ許していた。

岐阜の城下には、おびただしい軍兵が野陣を張っていた。民家に宿をとることはとてもできない。

監物たちは、眼を見張った。

「なんと大勢の人数やのう。どれほど集まってるんや」

案内の侍が数えた。

「美濃、尾張、三河、北伊勢からの軍兵およそ四万人でござるだわ」

軍勢は板葺《ぶ》きの陣小屋をつらね、旌旗《せいき》、纏《まとい》を、林立させている。

炊煙が立ちのぼり、雪に覆われた野に、使い番の母衣《ほろ》武者が、たえず駆けまわり、加納市場を中心とする商人町から、騒がしい物音が、和歌の浦の潮騒《しおさい》のように湧きあがってくる。

牛車、馬車に積荷を満載した、諸方の地侍たちからの貢納品が、運ばれてきた。

「なんとえらいことやなあ。これだけ大がかりな支度ができる信長殿なら、わいらの鉄砲をあてにすることもなかろうがのう」

「いや、そんなことはありませぬだわ。お殿さまは、根来衆にはとりわけお心配りをなされ、宿所も支度なされてござるだで」

「ほんまかえ」

監物たちが、五挺の三百匁玉筒、弾丸簞笥車を曳き、鉄砲を担いでゆくと、ほうぼうの陣所から、荒々しい顔つきの軍兵たちが出てきて、眺めた。

頭髪を編んで背に垂らした僧兵の姿を見ると、天下に聞えた根来衆と気づくようであった。

監物たちは町なかのちいさな寺院を、宿所にあてがわれた。

「これは、えらいごていねいなお扱いやなあ。遠慮なしに、使わせてもらいますらあ」

監物は案内の侍に、礼の鳥目を渡し、寺に入った。

寺内には湯風呂、蒸し風呂がある。

さっそく風呂を浴びた監物は、おきたとともに、奥の一室に入った。

夕食は、大勢の小者がどこからか運んでくる。

僧兵たちが歓声をあげた。

「これは豪勢なことやのう。二の膳やないか。酒もたっぷりあるで」

小牧から雪の野を進軍してきたので、腹も減っている。

監物たちが充分に飲食したあと、丹羽五郎左衛門が、数人の供を連れ、あらわれた。

「これは丹羽殿、ようお越し」

監物とおきたは、五郎左衛門を上座に坐らせた。

「せっかくくつろいでおるところへ、邪魔をしにきたのう」

「いや、そんなことはありまへんで。毎日遊ばひてもろうて、もったいないと思うておりますよし」

五郎左衛門は、笑顔を見せた。

「信長旦那は、貴殿がたを頼りにしておられるだで。ほかの侍衆とはわけて丁重にもてなせと仰せられておらるるだわ」

監物はいう。

「伊勢攻めに四万の軍兵を動かされるとは、信長殿も、使いきれぬほどの銭と兵《ひょう》粮《ろう》を調達できるんやのし」

「いかさま、先のことはまだ読めぬが、いまの旦那がいきおいは天下無敵というほかはないのだわ。監物殿をはじめ、根来衆の手練の鉄砲放の衆には、明日より角場（射撃場）に出て、鉄砲隊の者どもに撃ちかたの稽古《けいこ》をしてやってくだされ、旦那がそう仰せられておらるるだわ」

「いつでも、行かひて頂《いた》あくよし」

監物は、うなずく。

信長の鉄砲隊は、急速に数をふやしており、およそ千挺にも達しているが、未熟者が多い。信長の軍団の中核となっているのは、二千人ほどの譜代衆で、他は降伏した寄せ集めのかつての敵兵であった。

熟練した狙撃兵は、暗中、風雨のなかでも射撃できるが、そうなるまでにはすくなくとも五、六年の歳月が必要であった。

性能のいい鉄砲を百挺持っていても、それを使う軍兵の練度が低ければ、武田信玄が口癖のようにいう、鳥威《とりおど》しにしかならない。

監物たちは、織田鉄砲衆の射撃の指導をするとき、天候、季節によって変える火薬の調合法、弾丸と銃口との合わせかた、引金の引きかた、前目当《まえめあて》とうしろ目当を使う照準の合わせかたなど、いろいろ教えるが、狙うなり一発で一町先の敵の眉間《みけん》を撃ち抜くための、秘中の秘というべき要領などは教えなかった。

根来流の真髄というべき撃ちかたは、同郷の雑賀《さいか》衆とも教えあうことがない。

監物が織田鉄砲衆に、一町（約百十メートル）先の角（的）を狙う遠町《とおまち》射撃をさせてみると、五寸（約十五センチ）の角のなかへ命中させる者は、一割もいなかった。

実際に矢玉が飛びかい、馬腹を蹴《け》ってあらわれる悪鬼のような形相の敵兵が、刀槍《とうそう》をふるい宙を飛んで迫ってくる戦場では、命中率は角場での半分以下に落ちる。

気が焦って、棚杖《かるか》で銃口から弾丸と火薬をつきかためるとき、力を入れすぎ暴発させ、大怪我を負う者もめずらしくない。

監物は鉄砲衆に稽古をつけるとき、ひととおりのことを教え、あとは、

「稽古の数をば、かさねることやのう」

というばかりである。

彼は閨《ねや》のなかで、おきたにいう。

「男が女子《おなご》をよろこばす技を、ああせえ、こうせえと手をもって教《おせ》えることはなかろがえ。皆、おのれでかゆいとこを掻《か》くよなぐあいに、女子のツボを探りあてていくんじょ。鉄砲撃つコツも、おんなしことよ」

おきたは、脂ののった下腹を監物に近寄せ、ふくみ笑いを洩《も》らす。

「うちの旦那は、こっちの鉄砲のほうも、使いかたが至って上手じゃき、わたいは殺されるぞね」

「しかし考えてみりゃ、わいもお前も悪運強い者どうしやのう。これまで諸国の合戦で危ない目に遭いつづけてきたが、いまだに命を落すことがないさけにのう」

「それは、この観音さんがいつでも守っちゅうおかげじゃき」

おきたは監物の手を、毛深いあたりに導きながら、腰をうねらせた。

「ほんまに、何千回拝んだか分らん観音さんやが、飽きることはないのう」

監物たちが岐阜城下へきてひと月も経った頃、丹羽五郎左衛門の使者が呼びにきた。

丹羽屋敷へ出かけてみると、梅の花がほころびた庭にむかう、日当りのいい縁先に五郎左衛門が出ていた。

「今夜、越前からの客人と遠町の立ちあいをやってもらいたいのだわ」

「ほう、越前ちゅうと朝倉かのし」

「そうでや、朝倉の家来でのう。猪子《いのこ》兵助のもとへたずねてきおったのだわ」

猪子は昔、斎藤道三の近臣であったが、道三が長男義龍に敗亡してのち、他国に流浪し、やがて信長に随身して武功をたて、侍大将となっていた。

越前からきた客は、猪子の昔の知りあいで、もとは御門《みかど》重兵衛と名乗っていた。明智《あけち》城主明智光安《みつやす》の家来であったが、いまでは越前領主朝倉義景の家来となり、知行五百貫で、鉄砲頭《がしら》をつとめ、明智十兵衛《じゅうべえ》と名乗っているという。

「その明智が、なんで美濃にきたんかのし」

「新公方《しんくぼう》の使者としてきたのだわ」

新公方というのは、第十三代将軍足利義輝《よしてる》の弟である。

義輝が三好長慶の養子義継《よしつぐ》と、その家老の松永久秀に弑《しい》せられてのち、奈良一乗院門跡であった義輝の弟覚慶《かくけい》が、松永らに殺されるところを、細川藤孝《ふじたか》（幽斎）に救いだされ、越前守護朝倉義景の居館、一乗谷にいる。覚慶が還俗《げんぞく》して、上洛《じょうらく》の企てをすすめているという噂は、監物も耳にしていた。還俗して足利義秋《よしあき》（のち義昭）と名乗った彼は、将軍になりうる唯一の人物であった。

十兵衛は三十九歳、藤孝は三十三歳、新公方と呼ばれる義秋は三十歳であった。

藤孝は室町幕臣三淵晴員《みつぶちはるかず》の次男に生れたとなっているが、実は足利十二代将軍義晴《よしはる》の四男であるともいわれる。

五郎左衛門はいった。

「新公方は、朝倉を頼ったが、義景は大福長者にて、もはや戦《いくさ》を好まぬ。やむなく上杉輝虎《てるとら》に西上の軍を発するよう、再三の内書を発しておるが、輝虎も容易に動かぬだわ。それで明智十兵衛が、新公方の家来衆となり、信長旦那に新公方を押したて、上洛させてもらいたいと頼みに参りしだわ」

「しかし、十兵衛は朝倉の家来でござりますわなあ。それがなんで新公方の使者になったんかのし」

「十兵衛は、ひと月前に五百貫の知行を返上して朝倉家を退散し、新公方の家来になりしだわ」

「ほう、なんとえらいことをやる奴やのし」

監物は感心した。

五百貫の知行といえば、六千石に近い。

「まあ、新公方さまが信長旦那に押したてられて、ほんまの公方さまになったら、えらい出世をするやろうけどのし」

「それが、今度はじめて会った旦那が十兵衛を気に入って、朝倉と同様に五百貫の知行を与え、家来にすることになりしでや」

将軍はすべての大名の主人であるので、十兵衛が義秋の家来でありながら、信長の家来になるという理屈はなりたつ。

「そこで、今夜十兵衛に遠町をさせよとのお下知《げち》だわ。まことに朝倉家の鉄砲頭をつとめるほどの腕前なりしかと、監物殿に見きわめさせよとのことだで」

「あい分ってござります」

夜中に雪中で遠町射撃ができるのは、玄人である。

その夜、五つ（午後八時）過ぎに、監物は角場にいた。彼は小者を十人ほど使い、一町（約百十メートル）先に十五本ならんだ標的のそばに篝火《かがりび》をたて、射手が膝台《しつだい》で射撃をする場に毛氈《もうせん》を敷き、金象嵌《ぞうがん》のはいった六匁玉堺筒を三挺《ちょう》置いた。

監物も一挺を持っている。

やがて紙燭《しそく》を捧《ささ》げた小者が十数人先導し、百人ほどの若侍に護衛された信長が、十兵衛らしい男とともにあらわれた。

雪上に膝をつき、会釈をする監物に、信長は声をかけた。

「雪中、大儀でや。まずそのほうが一発試してくれい」

「かしこまってござります」

監物は、すでに弾丸込めしている六匁玉筒を取りあげ、毛氈のうえに膝台撃ちの姿勢をとり、一町先の的を狙った。

こまかい雪が降っていたが、風が落ちついている。彼はむぞうさに放った。轟然と銃声が山肌にこだまし、一町先の的のそばに立っている小者が、命中を知らせる太鼓を打った。

「さあ、どうぞ撃って頂《いた》あかひて」

監物は十兵衛を招いた。

十兵衛は、美濃の地侍であったというが、公家《くげ》のように品位のある顔だちの男であった。

「ご無礼つかまつる」

十兵衛は監物に会釈して、六匁玉筒を手に取り、ゆっくりと構えた。

――これは大分、年季入っちゃあるぞ――

監物は十兵衛の隙のない動作に感心した。

一発発射すると同時に太鼓が鳴った。

「つぎ」

十兵衛は弾丸込めされた二挺めを手にした。

十四

　永禄十一年（一五六八）、七月末、越前国主朝倉義景のもとに流寓《りゅうぐう》していた足利義昭が、岐阜の織田信長のもとへ動座した。

　三年間一乗谷館で優遇し、義昭に忠勤をはげんでいた朝倉義景は、いま信長のもとへ去られては、わが身が危うくなりかねない。

　義昭は三好義継、松永久秀に弑された第十三代将軍・足利義輝の実弟である。いま第十四代将軍の座についている足利義栄《よしひで》は、義昭の従兄《いとこ》であるので、義昭に正統な将軍継承権がある。

　信長が義昭を奉じ上洛して、三好党の立てる義栄を追放すれば、義昭が第十五代将軍の座につく。

　そうなれば、父祖の代から仇敵《きゅうてき》の間柄である織田氏に、義景は将軍家の命によるという名目で誅殺《ちゅうさつ》されるおそれがある。

　織田氏と朝倉氏は、応仁の乱以前から、足利幕府の管領《かんれい》（副将軍）であった名族、斯波氏の家老であった。

斯波氏は越前四十二万石と尾張五十六万石の、二国の守護職であったが、朝倉氏は応仁の乱の混乱のあいだに、越前守護職に任ぜられ、主人の斯波氏と織田氏を追い出した。

斯波氏と織田氏は、やむなく尾張へ下ったのである。

義景はいまになって、先祖の仇《あだ》を信長に討たれるかも知れないと怖れた。だが、義景には、足利義昭を奉じて上洛し、第十五代将軍の座につけるだけの戦力がない。

義昭は越前一乗谷館を出立するとき、つぎの内書を、義景に渡していた。

「このたび当国退座につき、忠義神妙なり候。向後身上を見放すべからず候」

信長は、八月五日、岐阜城下に五万余の大軍を集めた。京都へ進発するための勢揃いをおこなったのである。

七日には、二百四、五十人の馬廻《うままわ》り衆をともない、浅井長政の領国へ向かい、長政の家老磯野《いその》丹波守の居城である、佐和山《さわやま》城へ入った。長政が信長の妹聟《むこ》で、攻守同盟を結んでいるとはいえ、尾濃二国百十万石の太守である信長が、わずかな供廻りを連れただけで、他国を訪れるのは、きわめて危険であった。

信長はそれを承知のうえで、長政を信頼する態度をあらわしていた。

信長とともに城内に入った馬廻り衆二百四、五十人のうち、二百人は監物の率いる根来衆であった。

根来衆は総髪をうしろで束ねた異風ないでたちを隠さず、磨きあげた六匁玉筒を担ぎ、弾丸簞笥車を曳き、五挺の三百匁玉筒を台車に載せ、土煙をあげ、曳いてきた。

おきたも男装して監物と馬をならべていた。信長は迎えに出た浅井長政をはじめ、一門衆、家老たちに、監物を引きあわせた。

「これが根来鉄砲衆の大将でござるでなん。岐阜には根来の者どもが三千も着到いたしおるだで、儂も心丈夫でござるだわ」

浅井の家老たちは、眼を見張った。

浅井家は北近江の一向一揆《いっこういっき》と手を組んでいる。戦いのときは、彼らを先手に立てた。

「進む者は往生極楽、退く者は無間地獄《むげんじごく》」の旗を立てた浄土真宗門徒たちは、死を怖れない。

それで浅井勢の猛勇は世に知られた。

信長の浅井長政への挨拶を聞いていたおきたは、監物にささやく。

「根来衆が三千もきちょるとは、なんと大法螺《ぼら》を吹くがいね。なんであがいなことをいいよるぞね」

監物は、迎えの浅井衆に聞えないように、小声で答えた。

「いま、信長殿が長政に討ち取られたらどうなるか。浅井勢は美濃、尾張に乱入して、百十万石は長政のものや。北近江の二十余万石を合わせたら、大々名や。信長殿にかわって長政が天下の権を取るやろ。ところが、そうやすやすとはやられんと、信長殿は長政にまえもっていうたわけや。

たった二百五十人足らずの人数を連れてきてるが、そのおおかたは、天下に鉄砲遣いの巧者で聞えた、わいらやさけ、闇討ちくわすにも大騒動になる。

二百挺の鉄砲と五挺の大筒を燻《くす》べたら、討手の千人や二千人でかかってきたところで、死人の山を築いちゃるよ。

信長公は、佐和山から美濃の国境いまで、忍びの者を伏せてるんや。昔、甲賀の忍者やったという滝川一益の手の者らよ。そやさけ、佐和山で乱が起こったら、あっという間に美濃へ聞える。

そうなりゃ、根来衆を何千人も先手に立て、織田勢が攻めこんでいくということや。そういうたら、いかな長政も、かるはずみな考えで、信長公を闇討ちできまいかえ」

「ふうん、そがいなことか。まあ何にしても、わたいはお前《ま》さんといっしょに死ねりゃ、それでええのじゃき、どこへ行っても怖ろしゅうはないぜよ」

「かいらしいことをいう奴じゃ」

監物は含み笑いをした。

「信長公は、長政を縁者として、京都への道筋をかため、日本国をことごとく切りしたがえるつもりでいてるんや。三好や畠山とは、胆《きも》っ玉のちがう仁やさけにのう」

監物は根来衆とともに、美麗をきわめる馳走《ちそう》の膳《ぜん》にむかった。

「こりゃ、食いきれんほど仰山《ぎょうさん》あるのう。腰をすえて、酒飲もらよ」

監物はいう。

「いくら飲んでもええけど、正気をば失うたらあかんぞ。いつわいらが働かんならんようになるか、分らんさけにのう」

監物は、小姓に酒を注がれるままに、大盃《さかずき》を傾けながら、油断なく辺りの様子をうかがう。

たずさえてきた鉄砲のそばには、三十人の根来衆を置いていた。

監物は傍の頭役《かしらやく》にいう。

「ここは、まあいうたら虎の口のなかみたいなもんやなあ。わいらはそげなところにいてるわけや。いつ嚙《か》まれるか分らん。いざとなったら、撃ちまくって、この奴原《やつばら》をびっくりさせちゃるまでよ」

おきたが、監物の直垂《ひたたれ》の袖《そで》を引いた。

「ほんなら、今夜は抱いてくれんのかいね」

監物はこともなげにいう。

「そら、かめへんよ。お前は一晩でもわいの魔羅くわえこまなんだら、気ぃすまん女子《おなご》やさけ、辺りをば見張りもて、堪能《たんの》さひちゃるよ」

監物は、信長がただ者ではないと、思うようになっていた。

そうでなければ、いくら砂金を過分に貰《もら》っても、信長の供をして死地に飛びこむような真似はしない。

彼は、おきたにいう。

「わいはのう、信長公がまちがいなしに天下を取ると思うてるさけ、こげな危ない場にもきてるんよ」

「それは分るぞね。お前さんが信長公と、公をつけて人を呼ぶのは、はじめてじやきにのう」

信長は、琵琶湖畔の観音寺山城にいる、南近江の領主、六角承禎《じょうてい》（義賢）を味方に誘うつもりで、佐和山にきた。監物はいう。

「明日あたりにゃ、誰ぞ観音寺山城へ使者に立って、六角を味方に誘う調略をするんやろかえ。信長公は、することが何でも早いさけにのう。先手、先手と打っていくよ」

おきたが聞いた。

「信長旦那が上洛《じょうらく》のときに、邪魔せんように、六角を味方につけるがか」

「そうや、六角がいうことを聞いたら、所司代という、えらい役につけちゃることにひてるそうや」

大広間には坐《すわ》っているのも窮屈なほど、数知れない侍たちが酒肴《しゅこう》を前にして、談笑している。

小姓が監物の傍へきて、告げた。

「殿がお召しでござりまする」

「よっしゃ、行くよ」

監物が立ちあがり、宴席のあいだを縫うように歩き、信長の前に出た。

信長は長政と、その父久政に監物を引きあわせた。

「これが、根来衆の頭領、津田監物にござるだわ」

「ほう、なかなかよき面魂じゃ」

監物は、おはずかしき次第でござりまする」

監物は、扇子で口もとを覆い、笑った。

長政が聞く。

「そのほうが、はじめて種子島より鉄砲を伝えし、名高き仁か」

監物は笑顔でうなずく。

信長がいった。

「そのほう、備前守（長政）殿に、五段撃ちをお目に入れよ」

「かしこまってござります。角《かく》（的）はどこにあるんかのし」

「庭の奥手に並べるほどに、手練のほどを見せてくれい」

長政がいった。

「お安いご用やよし」

監物は座に戻って、頭役に命じた。

「誰《だえ》ろ五人、頭数をば揃えて、この庭先で、五段撃ちさせよ」

「合点じゃい」

頭役が去った。

まもなく、五人の根来衆が六匁玉筒を持ち、庭先にあらわれ、片膝《かたひざ》をつき、挨拶をした。信長と長政、久政は、床几《しょうぎ》を縁先に出させ、腰をかけていた。

広間は静まりかえり、侍たちが天下に名高い根来衆の射撃を見ようと、総立ちになっている。

三十間（約五十四メートル）ほど離れた庭の奥に、杉の大板が立てつらねられている。

監物がいった。

「あの板の厚さは、どれほどかのし」

浅井家の足軽がいう。

「二寸でござる」

「それほどやったら、撃ち抜くかも分らんけど、かめへんかのし」

「うしろは石蔵ゆえ、いっこうにかまいませぬ」

「分ったよ」

監物は五人の根来衆に命じた。

「つづけ撃ちを、やったれ」

つづけ撃ちは、五人がかわるがわる射撃をするが、一人につき三挺《ちょう》の鉄砲を使うのである。

鉄砲に弾丸硝薬を込め、射撃したのち槊杖《かるか》で銃腔《じゅうこう》を掃除し、あらたに弾丸硝薬を込めて二度めの射撃をするまでに、二十四秒かかる。五人で撃てば、五秒弱に一回ずつ発射できる。

そのうえに、それぞれの射手に三人の弾丸込め、掃除役がつけば、一人で三挺の鉄砲を撃てる。そうなれば一秒半に一発ずつ撃てることになり、切れめなく弾丸を目標に注ぐことができる。

つづけ撃ちがはじまった。五人の射手は、鉄砲を取りかえながら、交替に射撃をする。

落雷のような銃声が間断なく鳴りひびき、六十発の鉛弾を目標の杉板に撃ちこんだのは、またたく間のことであった。

広間を埋めた侍たちは、声をひそめ、うなずきあう。

新兵器の威力を目のあたりにして、おどろかない者はなかった。

長政がいう。

「当家にしても、鉄砲は遣いまするが、かようなる見事な技を見たのは、はじめてでござります」

信長、長政のもとに運ばれてきた、標的に使った杉板の弾痕《だんこん》は、一発の無駄玉もなかったことを証明していた。

信長は佐和山城に七日間とどまり、六角承禎のもとへ協力を要請する使者を三度送ったが、拒絶された。

承禎は三好三人衆と同盟して、現将軍義栄を支持することに決めていたのである。

信長は六角家の方針をすでに内偵していたが、承禎を誘えば、戦わずに同盟するかも知れないと予感して、交渉した。だがやはり無駄になった。

信長は佐和山城を出て、浅井領内の江州柏原《かしわばら》に一泊した。彼は送ってきた浅井の重臣、浅井縫殿助《ぬいのすけ》、遠藤喜右衛門《きえもん》らと、夜がふけるまで酒宴をひらいた。

監物らは、信長の泊る菩提院《ぼだいいん》という天台宗寺院の庭に、大筒を並べ、輪火縄《わびなわ》に火を点じ、いつ敵が襲ってきても応戦できる態勢をととのえ、夜を明かした。

「もし、長政が討手を差しむけてくるなら、今夜じゃ。寝ずの番をしようら」

信長が寝所に入ってのち、遠藤喜右衛門が馬に乗り、どこかへ駆け去った。

そのあとを、忍者である信長の家来、森可成が追った。

翌朝、信長一行は無事に柏原を出立し、美濃に帰った。

監物は馬上に揺られながら、おきたに話した。

「昨夜、浅井の小谷城《おだに》で、信長公を仕物《しもの》（謀殺）にかけるか、どうかの相談があったそうや。親父の久政が同意せなんだので、何事も起こらなんだらしいのう」

おきたはうなずく。

「ほんまに胆のふとい人やのう。危ない目に遭《お》うてみたいがやろかねえ」

岐阜城に戻った信長は、本丸に部将数百人を集め、合戦の手順を決めた。

いよいよ上洛のため、出陣するのである。

信長が、近江の多賀大社に、軍兵が乱暴を働くことを禁じた、高札を掲げたのは、八月も末に近い頃であった。

監物は信長の軍律を知り、感心した。

「やっぱり、ほかの大名とは違うのう。一銭を盗んだ者、火を放つ者、女子を姦《おか》した者は、その場で斬りすてるそうや。上杉、武田の軍勢でさえ、焼討ちはあたりまえと思うてるそうやが、やっぱり信長公は偉いわえ。兵粮も、銭を払うて買うそうや」

おきたはいう。

「お前さんがそがいなことばっかりいうきに、わたいも信長公がだんだんありがたいように思えてきたぞね」

九月七日朝、信長は義昭にいとま乞《ご》いをしたのち、六万の大軍を率い、近江に向け進発した。

四里（約十六キロ）に及ぶ長蛇の隊列の先頭に、根来鉄砲衆が五百余挺《ちょう》の鉄砲を担いで進む。

翌八日に、彦根南方の高宮に陣を進めると、浅井長政が合流した。織田・浅井連合軍は、三日間野陣を張り、戦備をととのえた。

前方には、標高四百三十三メートルの山頂にある、六角承禎父子の居城、観音寺山城が見える。

観音寺山城の支城として、標高百八十メートルの山頂にある和田山城、三百二十四メートルの山頂にある箕作山《みづくりやま》城が、守備をかためていた。ほかにも十七の支城がある。

監物は、野陣を張るあいだに、箕作山、観音寺山両城の状況を偵察に出向く信長に同行した。

侍大将森可成、坂井右近の兵八百余人が同行しているが、信長の身辺を護っているのは根来衆であった。

箕作山の麓《ふもと》へ近づいてゆくと、間近の樹林から、三千人ほどの足軽勢が襲いかかってきた。

十五

森可成、坂井右近の軍兵が、迅速に円陣をつくった。

監物は五百人の鉄砲衆を率い、円陣の外に出た。

「右手の高処《たかみ》の草のなかへ身ぃ隠せ。薄《すすき》のなかから拳《こぶし》下がりに五十挺ずつ燻《くす》べちやれ」

煙硝と弾丸を入れた早合せの紙筒を使うので、平常の二倍の速さで射撃ができる。

五百人の射手が十手に分れて撃てば、五十発の弾丸を間断なく敵中へ雨のように注ぎこむことができる。

監物は敵の鉄砲衆が、百五、六十人であるのを見て、せせら笑った。

「あいつらは、近江者や。わいらと撃ちおうて、相手できると思うてるんか」

筒口をそろえ、薄のなかに伏せている根来衆は、敵が地響きをたて近づいてきて、先頭に出てきた鉄砲衆が立ちどまり、膝台《しつだい》の姿勢で撃ちはじめるのを見てから、五十挺ずつ交互に発射をする。

暴風のような集中射撃をうけつづける敵は、まず鉄砲衆が見る間に倒され、つづいて弓衆、槍衆が将棋倒しになると、狼狽して左右へ逃げ散る。

急ぐあまり、足をとられ転げまわる足軽勢のうしろから、馬首をそろえ、自分差物をひるがえした侍衆が出てきたが、二十人ほど薙《な》ぎ倒されると先頭が浮き足だち、退却しかけてうしろから押してくる味方に邪魔をされ、陣形を崩して左右に迂回《うかい》しつつ逃げてゆく。

三千発ほど撃ちこむと、敵の全軍が踵《きびす》をかえし、退却してゆく。

「ここらでやめとけ。織田の侍衆にも手柄立てさひちゃらないかん」

監物は撃ちかたをやめさせた。

「おきた、やっぱり根来の鉄砲遣いは日本一やのう。他国者は足もとへも寄せつけんぞ」

「ほんにそうじゃ。大人と子供の喧嘩《けんか》みたいぞね」

甲冑《かっちゅう》をつけたおきたは、背をそらせて笑った。

織田勢の反撃がはじまった。槍をつらねた騎馬武者が、敵中へ駆け入ってゆく。

乱戦になると、意気あがらず怯《おび》えている敵勢は、たちまち七、八十騎を討ち取られた。

坂井右近の嫡子久蔵は、馬にひとりで乗れないほどの小柄であったが、槍をふるい敵の鎧《よろい》武者を箕作山城の堀際まで追いつめ、接戦をした。

たがいに名乗りをあげての一騎討ちであったが、小兵《こひょう》の久蔵が敵に組み敷かれると、助太刀の郎党らが駆け寄る間もなく、小刀をふるい、流石《さすが》股下《またした》に突きこみえぐった。

敵の武者は悲鳴をあげてことされ、久蔵は首級をあげた。

「でかしたでや。小童《こわっぱ》がようなる久蔵が胆《きも》のふとさを見よや」

信長はよろこび、坂井久蔵の初陣の功名を書面にして、新公方《くぼう》義昭に差しだす。

おりかえし義昭から、久蔵に感状がもたらされた。

緒戦で敵を一蹴《いっしゅう》した織田勢は、意気があがった。

軍兵たちは、根来衆に賞讃《しょうさん》の声を惜しまない。

「雷がつづけさまに落ちるがような、あの撃ちかたには、胆をつぶしたでなん」

「いかさまさようじゃ。いずれの国の合戦にても、紀州鉄砲衆が味方につきたるほうが勝つと聞きおりしが、まことにその通りじゃなあ」

信長も、根来衆の戦闘の場にあらわす真価を眼のあたりにして、内心おどろいた。

硝煙のにおいをふりまきつつ根来衆が、高処から戻ってくると、信長は監物にむかい、扇子で煽《あお》ぐ真似をしてやった。

織田勢は、愛智《えち》川西岸に集結し、野陣を張った。

信長はまず箕作山城を攻めることにした。

坂井右近が、箕作山城を攻めるときは、観音寺山城に押えの人数を置くべきであると、意見を述べた。

監物は幕僚たちにまじり、床几《しょうぎ》に腰をかけていたが、もっともだと思った。歴戦の強豪六角承禎が、眼のまえで支城のうち最大の規模である箕作山城を攻められるのを、黙って見逃すはずはない。

観音寺山城から六角勢が攻め下ってくれば、箕作山、和田山の両城からも、敵が呼応しあい押し寄せ、かなりの人数を待機させていても、粉砕されるのはあきらかである。

箕作山と観音寺山とのあいだは、一里余である。その一帯の平地へ、浅井勢を入りこませようと、信長は使者をつかわした。

だが、浅井長政は父久政と相談するばかりで、信長の要請に応じなかった。

監物は根来衆の物頭《ものがしら》たちと、話しあった。

「浅井備州（長政）は、この辺りの地形《ちぎょう》にくわしいさけに、おいそれとはいうことを聞かんやろ。二つの城から逆落しに攻めこまれたら、死人手負いがどれほど出るか、分らんさけにのう」

信長は怒りを抑えていった。

「ならばわれらが両城のあいだを取りきって、浅井が人数に箕作山を攻めさせるだわ」

柴田権六、森可成、丹羽長秀、木下藤吉郎ら諸将が、口ぐちにいう。

「備前守殿は、先手もお引きうけ下さるまいと、存じまするが」

「箕作攻めを為損《し》ずれば、敵にいきおいをつけまする。われらばかりにて、一気に取り抱え、片付けるが上策と存じまする」

信長は浅井長政の態度を怒っていたが、彼と仲違《たが》いをすれば、後門に虎をひかえることになり、足利義昭を奉じての上洛《じょうらく》はできない。

「よからあず、備州が手の者を使わぬことにいたすだわ。すべてわれらが手によりて、陣立ていたす」


箕作山、観音寺山の二城は、難攻不落として聞えていた。

城攻めは、翌朝巳《み》の刻（午前十時）はじめることとなった。大手から攻めるのは、丹羽長秀の三千余人、搦手《からめて》からは、木下藤吉郎の二千三百余人が攻める。

信長が監物にいった。

「根来の衆は、木下の手の味方をしてやってくれい」

「あい分ってござります」

監物ら五百余人は、五挺の三百匁玉筒は陣所に置き、鉄砲だけを手に、藤吉郎と行動をともにすることになった。

箕作山は頂上までひとすじの急な坂道があるだけで、山腹は大木のつらなる自然林である。樹間には灌木《かんぼく》、茨《いばら》、笹が生い茂り、勾配《こうばい》が急な山肌に、足を入れることもできない。

藤吉郎の麾下《きか》には、蜂須賀小六、前野将右衛門、稲田大炊介《おおいのすけ》ら、川並衆の野武士の精鋭が従っている。

「これは、攻めようもない城だで。根来の監物殿は、いかが考えらるるかのん」

しばらく山を登ってから、藤吉郎は足をとめ、監物に聞いた。

監物は答える。

「これは、我責《がぜ》めしたところで、どうにもならんのし。鉄砲を撃ちかけても、足場が悪いさけ、何十挺とつるべ撃ちができまへん。無理ひたら、皆死んでしまいまっせ」

藤吉郎は顔をしわばめ、笑みを見せた。

「それなら、なんとするかのん」

「そうやのし。旦那《だんな》方が稲葉山攻めのときにやりなはったように、火攻めにするしか、なかろうのし」

「山中に油をかけた草束を置き、風向きを利して焼きたてるか」

「その手しか、なかろうのし。焼きたてておいて、その後から上がっていきまひょらい。わたいらは、風上の城際に隠れて、火に巻かれて逃げる敵を狙い撃ちにひてやりますらよし」

「山中で火に巻かれたときは、ともに死なねばならぬがのん」

「山の向うがわまで降りてまっさかい、風が吹き寄せてきまへん。気遣いないところで、待ち伏せいたしますら。御大将の人数も、わたいらといっしょに敵の逃げ下りてくるのを待って、撫《な》で斬りにひたらよかろよし」

「いかさま、その手でやるか」

大手からは、丹羽勢が激しく攻めかかったが、どうしても攻め登ることができないまま、夜を迎えた。

搦手の木下勢は静まりかえったままである。籠城《ろうじょう》勢を率いる吉田出雲守《いずものかみ》は、六角麾下で剛勇の名を知られていた。

日没とともに、丹羽勢が強襲のいきおいを収めたので、出雲守は昼間樹間に二つひょうたんに麻の切裂をつけた馬標《うまじるし》を立てていた、藤吉郎の動静をうかがう。

明日一日、襲撃をしりぞければ、京都から三好衆が応援に駆けつけてくると、出雲守は気を安んじていた。織田勢がどれほど強力であっても、堅城を一日や二日で陥れることはできまい。

四つ（午後十時）過ぎであった。

頭上に月がかかっていて、麓《ふもと》まで見渡せるが、大手、搦手ともに何の動きもなかった。

本城の観音寺山城には、篝火《かがりび》があかあかと焚《た》かれていて、心丈夫である。

夜が明ければ、また戦《いくさ》がはじまる。いまのうちに寝ておこうと、出雲守は本丸の仮屋の板敷きに、鎧《よろい》をつけたまま身を横たえ、まどろむ。

しばらくたって、出雲守は城兵の叫び声と走りまわる足音に、目覚めた。辺りは昼間のように明るい。

「何事じゃ」

近習《きんじゅう》が息をきらせて答えた。

「山火事にござりまする」

「何じゃと」

出雲守は、はね起きた。西風が音をたてて吹いており、風に煽られた東北の山腹が、すさまじいいきおいで燃えあがっている。

これは難儀になると、出雲守は判断した。三の丸はすでに火の海に没し、避難してきた兵が、二の丸と本丸に充満している。

「ここにおりゃ、焼け死ぬぞ。逃げよ、逃げよ」

軍兵たちは搦手門のほうへ逃げ下ってゆく。出雲守は叫んだ。

「搦手の横曲輪《よこくるわ》で踏みとどまれ、城外には木下の人数が待ちかまえておるぞ」

搦手口に、おびただしい士卒が集まった。

山頂は火に包まれ、柱、桁《けた》などが燃えながら空中へ舞いあがり、搦手口へ落ちてくる。出雲守たちは木蔭《こかげ》、岩蔭に身を寄せ、頭上から降ってくるものを避けた。

小半刻《こはんとき》（三十分）もたった頃、突然四方で雷が落ちたような轟音《ごうおん》がひびきわたり、何かが耳もとをかすめた。

「鉄砲じゃ、木下勢が鉄砲を撃ってきたぞ」

誰かが金切り声で叫ぶ。

鉄砲の火光の見える辺りにいた城兵は、おどろいて逃げまどう。銃弾が雨のように降りそそぎ、前後の人影が鈍い被弾の音をたて、倒れる。

銃弾が頭蓋《ずがい》に命中すると、鉦《かね》を叩《たた》くような音がして、骨がはじけ飛んだ。

出雲守は叫んだ。

「搦手門をあけよ。ここにいては皆殺しにされるぞ」

門をあけ、宙を飛んで山道を下ってゆく城兵たちは、待ちかまえていた根来衆の鉄砲の餌食《えじき》になった。

道端の崖《がけ》の上から監物が喚《わめ》いた。

「おのれら、兵具を捨てて降参せえ。せなんだら皆殺しにされるろう」

城兵たちは、刀槍《とうそう》、弓、鉄砲を投げ棄て、地面に膝《ひざ》をついた。

和田山城主田中治部大夫《じぶだゆう》は、箕作山城陥落を知ると、夜の明けないうちに、間道伝いに落ちのびていった。

観音寺山城の六角承禎は、一夜のうちに有力な二つの支城を落され、顔色を失った。彼は必死の決戦を覚悟しているというが、血の気もなく、浮き足だっている。

家老たちのうちに、踏みとどまって城を枕の一戦を試みようとする者は、ひとりもいなかった。

承禎父子は、いちはやく城を棄て、石部《いさべ》へ逃げ去った。十八の支城はわずか二日間の戦いで、すべて陥落した。

信長は降参した支城主に、本領安堵《あんど》の朱印状を与えた。六万の織田勢は、掠奪《りゃくだつ》をまったくおこなわない。不埒《ふらち》のふるまいをした者は、即座に斬られるためであった。

監物は根来衆の物頭、小頭たちにいった。

「信長ちゅう旦那は、気の荒いようで、細《こま》いことに、よう気のつく人やなあ。これは三好の先代より器が大《お》っきいようやなあ」

信長は九月十五日、守山に進出したが、そこで足をとめた。

京都市中には、三好党がいるからであった。三好義継は五千人を率い、京都室町にたてこもっている。

三好笑岩《しょうがん》は四千人で淀城、岩成友通は二千五百人で勝龍寺城、三好長逸《ちょういつ》は五千人で摂津芥川城にいる。

茨木城には、三好為三が二千五百人、松山新八は高槻城に千余人。

およそ二万の敵勢は、織田勢と、矢を交えないで退却することはない。

監物は、おきたにいった。

「なかなか感じいったふるまいをする旦那やなあ」

「なんでじゃ」

「京都を焼かせまいとひてるんよ。守山でじっと待ってたら、三好の連中は気味わるうなって、自然に散り散りばらばらになっていきくさる。ほいたら戦せいでもすむさけのう」

「そうかえ、えらい旦那やなあ。そがいな旦那なら、女子《おなご》のあしらいもうまいがか」

「何じゃ、とっぴょうしもなしに、そげなことをいいだしくさって」

「抱かれたら、気色《きしょく》えいろうか」

「あほぬかせ」

おきたは監物に思いきり頭をこづかれ、含み笑いをもらした。

彼女は監物が嫉妬《しっと》するのが好きであった。

三好勢は、やがて自壊した。

まず、足軽、小者が主人の家財珍宝、武器馬鞍《うまくら》などを、手当りしだいに盗み、逃げ去ってゆく。主人も彼らのあとを追い、なすべもなく逃散《ちょうさん》した。

監物の率いる根来衆は、信長の大軍勢にまじり、ひさびさに入洛した。

寺院、町並は、戦乱と火災で荒れはて、いたるところに空地があり、野菜が植えられていた。

洛中の大小の河川にかかる橋も、おおかたが破損し、粗末な丸木橋のかけられているところもあった。

だが、都大路はひろく、並木は茂っていた。ポルトガルの宣教師ルイス・フロイスは、母国の首都リスボンのルアババの表通りよりも、都大路の道幅は二倍以上あり、市街の広さは六、七倍であると感嘆している。

信長はしばらく京都に滞在したのち、九月二十八日、岩成友通のたてこもる勝龍寺城を攻め、友通は翌日降参して織田勢先手に加えられた。

芥川城（大阪府高槻市原）には、三好長逸が五千の兵とともにたてこもっていた。

足利義昭に供奉《ぐぶ》していた信長は、監物に命じた。

「そのほうが大筒にて、大手門の扉を撃ち砕いてみよ」

「早速に、そういたしますよし」

監物は、大手門の二十町（約二百二十メートル）前へ三百匁玉筒五挺《ちょう》を並べた。

彼は信長にいった。

「ここからやったら、門は一発で破れるのし」

一挺に弾丸、硝薬をこめた根来衆が、待機している。前に鹿柴《ろくさい》をならべた門前に、人の気配はない。

城兵は石垣の裏で息を殺しているのであろう。

「撃ちやれ」

監物の命令とともに、三百匁玉筒が咆哮《ほうこう》した。

大手門の扉が片側だけ、はじけ飛び、城内で立ち騒ぐ軍兵の姿が見えた。

先手の軍監が、大音声で呼びかけた。

「おのしども、よく聞け。降参いたさば助命してつかわそう。あくまで手向いいたすなら撫で斬りじゃ」

三好長逸はその夜、闇にまぎれ逃げうせた。

十月二日、織田勢は池田親正《ちかまさ》のたてこもる池田城（大阪府池田市城山町）に攻めかかった。信長は義昭とともに、近所の小山から観戦した。

監物は信長の眼前で、鉄砲の一斉射撃をおこなってみせ、その威力を充分に見せた。

池田城にいた紀州雑賀荘の地侍、土橋佐太夫《さだゆう》の鉄砲隊百人は、降伏し助命された。信長は彼らの百発百中の射撃能力を見て、高く評価をした。

「根来衆といい、雑賀衆といい、鉄砲をわが手足のように使いこなすが、それまでに上達するに、どれほどの月日がいるかのん」

土橋は答えた。

「そうやのし、二十年ほどになるかのし」

土橋の配下に若者はいない。

熟練者が揃っていた。

「そのほうどもが持っておる鉄砲の数は、どれほどかのん」

「さあのし、まあ二千か三千よのし」

信長は心中ひそかにおどろいた。根来衆と雑賀衆を味方につけておかねば、今後の作戦に支障が起こると考えたためである。

監物は土橋佐太夫が信長の前を退いたのち、話しかけた。

「信長という旦那は、物の値打ちがよう分ってるさけにのう。傭《やと》われるときは、きっとその倍でも三倍でも出してくれらよ」

土橋は黙ってうなずく。

おなじ紀州の鉄砲放のあいだには、特別の親しみがあった。

十六

信長は紀州雑賀には五緘《ごからみ》と称し、雑賀荘のほかに五つの荘郷があると、土橋佐太夫から聞かされた。

根来衆と合わせれば、鉄砲衆の数は五千人。そのいずれも十年から二十年間、銃撃戦の経験をつんだ鉄砲放ばかりであると聞いた信長は、彼らがすべて金で傭われる傭兵《ようへい》で、主人を持っていないと知ってよろこんだ。

合戦の勝敗は、熟練した鉄砲衆の銃砲撃によって決まるという世のなかである。

「紀州の鉄砲放どもは、黄白《こうはく》の多寡をいわず傭い、味方につけておかねばならぬだで」

信長は森可成に命じた。

「そのほうは、いまよりのち、紀州の鉄砲放どもを、できるかぎり数多く手なずけておけ。金でなびく者は、すべて味方につけておけ」

信長は、雑賀衆、根来衆の能力を、高く評価していた。

十月十四日、京都に帰還した足利義昭は、仮御殿と定められた、細川信良の旧邸に入った。同月十八日、左馬頭《さまのかみ》足利義昭は、信長の奏請により、征夷《せいい》大将軍、参議左近衛中将に任ぜられた。

信長は弾正忠《だんじょうのちゅう》という低い身分で、義昭から副将軍か管領職《かんれいしき》に任ずるとすすめられても、辞退するばかりであった。

仮御殿では、十月二十四日に新将軍祝賀の饗宴《きょうえん》がおこなわれた。近頃めずらしい大礼大餐《たいさん》で、貴賤《きせん》上下の目をおどろかすものであった。

諸大名以下、諸国軍勢の主立った者が仮御所の庭を埋め、陪席にあずかった。

監物は、おきたとともに、大広間を見下ろす望楼で、十匁玉筒を手に警固にあたりつつ、宴席を眺めた。

監物は、おきたにいう。

「信長ちゅうのは、なみの大名ではないのう。なかなかあれだけの器量者は、ほかにはなかろよ」

「そうかえ、たしかに強そうに見えるぞね」

「何が強そうに見えるんや」

「何もかもや」

「女子《おなご》を抱くのも、強げかのう」

「そう見ゆるぜよ」

「あほう、この男好きが、何ぬかす」

監物が、おきたのあさぐろく陽灼《ひや》けした頰を、指で突いた。

まえの日、義昭は仮御所で能楽を催した。書立て（番組）は石清水八幡宮《いわしみずはちまんぐう》の神徳を讃《たた》える「弓八幡《ゆみやわた》」を脇能《わき》とし、十三番の能を催すことになっていたが、信長は、「高砂《たかさご》」、「八幡《やわた》」、「定家《ていか》」、「道成寺《どうじょうじ》」、「関羽《かんう》」の五番に減らした。

いまだ世上不穏の折柄、長時間の能興行は不用心というのである。

四番「道成寺」のとき、義昭が信長の鼓を所望した。信長は世に知られた小鼓の名人である。

だが信長は言下に辞退した。

「危うきを忘れ、悠々たるは武将のつつしむべきことにござれば、ご容赦下されませ」

義昭は不興を顔にあらわし、座はしらけた。監物はそのさまを、望楼から見ていて、感心した。

第十五代征夷大将軍となった義昭は、すべての大名の主人である。信長は義昭を尊敬していなかった。

義昭は、兄義輝を弑《しい》した松永弾正を、大逆の罪を犯した者として誅殺《ちゅうさつ》しようとしたが、信長は許さなかった。

松永弾正は、大和の諸豪族を制圧するために、必要な人物であると見ていたためである。

名実ともに天下の政権を得たつもりになっていた義昭は、信長の指図に従わねばならない現実を知って、愕然《がくぜん》とした。

信長は、義昭の将軍としての権威を利用して、全国諸大名に協力服従を求め、天下を統一する。つまり、自分の行動に大義名分の裏づけを得るための道具として、義昭を見ているのである。

幕政のすべてを信長が監視、支配しているのを知った監物は、おどろいた。信長の側近である森可成が、教えてくれたのである。

「将軍家の下知《げち》によって出される、幕府奉公人の奉書、下知状は、信長旦那《だんな》の添え状なしには、通行いたさぬだわ。将軍家といえども、旦那にとっては自在に操れる木偶《でく》のごときものだでなん」

信長は義昭から今度の武功の祝儀として、皇室の専用とする桐《きり》の紋、足利氏の二引両《にひきりょう》（丸のなかに横に両筋を引く）の紋を受けた。

だが、三管領《かんれい》の一である斯波氏の家督を継がせ、兵衛府《ひょうえふ》長官にするという内命は、辞退した。

また五畿内《きない》に、望むがままに知行をとらせるという内命は辞退し、泉州堺津、江州草津、大津に代官を置かせてほしいと申し出て、許された。

監物は根来衆の組頭たちと、話しあった。

「信長ちゅう男は、やっぱりただの鼠でないのう。領国を取るより、商人《あきんど》の交易を差配する利のほうが、多いことを知ってるやないか」

「ほんまにそうやのし。大名で商いの内面《うちづら》に明るい者は、ほかにはおりまへんやろ」

信長は、能楽興行のあと、一万の尾張勢を京都へ残し、帰国した。

岐阜城を長くあけておくわけにはいかない。武田信玄が、留守を狙いにくるからであった。

監物ら三百人は、雑賀衆土橋佐太夫の指揮する百人とともに、京都に残留した尾張勢一万の先手につき、大和の筒井順慶ら、帰服していない土豪を征伐する松永弾正に加勢し、大和から和泉一帯を転戦した。

十二月になって京都へ引き揚げた尾張衆のおおかたは帰国し、二千余人が、六条本圀寺《ほんこくじ》で越年する義昭の護衛に残留した。

監物と土橋佐太夫は、本圀寺に残ることになった。彼らの火力が、護衛軍の重要な戦力となっている。

監物たちは、畿内の形勢にくわしい。

織田勢が上京の際、京都西の岡の勝龍寺城に拠って抵抗し、降伏した三好衆の岩成友通が、堺湊《さかいみなと》に味方を呼び集め、反撃の機をうかがっていることは、じきに知れた。

堺には、三好長逸、三好政康、三好笑岩、篠原左京亮《さきょうのすけ》ら、三好党の主立った者が集まっていた。

監物は、彼らがまもなく行動をはじめると見ていた。

毎夜、閨《ねや》でおきたのひきしまった体を組み敷く。

「生きてるうちに、一遍でも、ええ目をひときたいわい」

監物はおきたの敏感な乳房をにぎりしめる。おきたは、ちいさな悲鳴をあげた。

監物はいう。

「侍は、誰でも殺されたいことはない。そやさけ、敵を殺す。わいらもやってる、決まりきったことや。いままで生きてくるために、どれほどの人を殺《あや》めたか、思いだそとひても、数は分らん。

わが寝た、たわれ女《め》の数を思いだせんのとおんなしことや。しかし、そうやって生き残ってきた者は、人の殺しかたにだんだんと慣れてくるんや。

どげな雑兵《ぞうひょう》の首でも、百を超えるほど取ったら、斬りあいの段取りのつけかたが、はっきりと変ってくる。人殺しの玄人ちゅうわけや。

そげな、人か獣か分らんよな侍らが、信長を鬼か大蛇《くちなわ》のように怖ろしがるのは、あの男を、六天魔王と思てるからや。あれは、ただ者やないのう」

おきたは監物の言葉を聞いていない。

きれぎれに小さなあえぎ声をあげ、感覚の海に浸されている。

監物は、阿波の三好衆が、続々と堺に渡ってきているとの情報を得ていた。人数は二万とも三万ともいわれているが、実数は確実に一万を超えているだろう。

「おきたよ、今年のうちにひと合戦あるろう。それが終りしだい、いったん根来へ引き揚げよら。鳥目《ちょうもく》も過分に貰《もろ》うたことやしのう」

おきたは額際に汗の粒を光らせ、返事をしなかった。

岩成友通らが行動を起こしたのは、十二月二十八日であった。

一万余の三好衆は、まず堺湊から五十町（約五・五キロ）はなれた和泉家原城に乱入し、数百の城兵を鏖殺《おうさつ》した。

永禄十二年（一五六九）正月二日、三好党は河内国に乱入し、放火暴行をおこない、乱暴のかぎりを尽しつつ、河内国出口から山城国美豆《みず》に至り、四日には洛外東福寺に本陣をすすめた。

織内守護の早馬が、あいついで急変を知らせてきた。

義昭護衛の人数は、信長麾下《きか》の将士であったが、人数は二千に足りない。

細川藤孝、織田左近、野村越中守、赤座七郎右衛門、同孫六、坂井与右衛門、

明智十兵衛らが、決死の迎撃態勢をとった。

義昭方は、根来衆、雑賀衆の強大な火力を頼りとしている。四百挺《ちょう》の鉄砲と、根来衆が三百匁玉筒五挺、雑賀衆が百匁玉筒三挺を装備しているので、一万余の三好党もたやすく本圀寺に近寄ることはできない。

監物は、大筒を本圀寺御所前の四つ辻《つじ》に配置し、附近の町屋の屋根に、三百人の僧兵を伏せさせる。

雑賀衆百人は、監物らと動きをともにする。土橋佐太夫は、監物と打ちあわせた。

「五十人ひと組で、替りおうて撃とら。近場の合戦やさけ、無駄玉はなかろ」

「竹把《ちくは》、弾丸楯《たまだて》を持ってきたら、大筒で吹き飛ばひちゃれ」

四百人の鉄砲放《はなち》が、早合せという紙筒に煙硝、弾丸の入ったものを使い、五十人ずつ交替で撃てば、ほとんど休みなく五十挺ずつの一斉射撃ができる。

監物は守将の細川藤孝らにいった。

「たとえ一万の敵がきたとて、いったんは立ち往生させちゃりますらよ。ひとしきりわいらが撃ち倒ひたあとで、斬りあいをやってくれたらええよし」

南蛮鉄の甲冑《かっちゅう》をつけた監物は、まもなく敵が迫ってくるというのに、落ちつきはらっていた。

彼はおきたとともに、本圀寺のむかいの町屋の屋根に、弾丸楯を置きならべ、その隙から十匁玉筒の筒口をのぞかせた。おきたも二匁五分玉筒を構えている。

正月五日の夜明けがた、三好勢が大路の雪を蹴立《けた》て、鬨《とき》の声をあげ押し寄せてきた。

攻め太鼓を打ち鳴らし、鉄楯、竹把をつらねた雑兵たちが、津波のように近づいてくる。

八挺の大筒が咆哮《ほうこう》し、三十匁玉筒が耳朶《じだ》をふるわせ火を噴く。敵の先手が楯を吹きとばされ、地面に転がると、町屋の屋根から鉄砲が五十挺ずつの斉射をかさね、辺りに硝煙がたちこめた。

三好勢は先手を薙《な》ぎ倒され、なだれをうって退却しかけた。先陣を指揮する大将薬師寺《やくしじ》九郎左衛門が、旗本たちとともに前に出てきた。

彼らは弾雨のなか、必死に四つ辻のうちへ斬りこみ、逆茂木《さかもぎ》を打ちこわす。

三好勢の中軍が、つづいて刀槍《とうそう》をふりかざし押し寄せてきた。監物たちは、一発の無駄玉もなく、敵を打ち倒すので、彼らはさすがにたじろいだ。

だが動きだした一万人の軍兵は、怒濤《どとう》のように押し寄せてくる。彼らは鉄砲によって死傷者が続出するのもかまわず、逆茂木を打ちやぶり、四つ辻へなだれこむ。

敵味方入りみだれて白兵戦がはじまると、監物たちは、後続の敵兵の進出を阻むため、中軍めがけ、弾雨をそそぎかけた。

監物は、おきた、物頭、小頭とともに、敵兵を馬上で指揮する武将を狙撃《そげき》する。

「おきた、見てよ。あの大半月の前立つけた兜《かぶと》をかぶった武者を、狙うろう」

監物は重量のある十匁玉筒を構え、狙いをつけると、轟然《ごうぜん》と撃ちはなした。

武将は馬上にのけぞり、まっさかさまに落馬する。

「親玉、どこ狙うたんかのし」

「首のつけ根じょ。首飛んでしもたやろがえ。さあ、つぎはどいつを狙うちゃるか」

監物は弾丸込めした鉄砲を、歩卒からうけ取り、つぎの目標を狙った。

「今度はあの黒糸縅《おどし》の鎧《よろい》に、さんばら髪の大兵《だいひょう》の武者を狙うちゃるぞ」

三好勢は、町屋の屋根から雨のように降りそそぐ弾丸に死傷者が続出して、ついに退却した。

御所勢は、その機に寺内に退く。二千の兵は、なかばが討ち取られていた。三好勢が銃撃に屈せず突撃すれば、本圀寺は占領されていたであろう。

たがいに手負いの治療をしているあいだに、洛中の日蓮宗寺院の僧侶《そうりょ》たちが会合し、代表者が、三好長逸に本圀寺攻めの猶予を求めてきた。

「本圀寺は、三好家御一統の崇敬した寺院で、焼け失《う》せるのは、はばかりがありましょう。今宵《こよい》は攻めず、明朝になれば、将軍家をよそへ御動座願い奉りまするゆえ、総攻めはそれまでお待ち下され」

三好衆は、僧侶たちの懇願をうけ入れた。彼らも、昼間の合戦でうけた損害が甚大で、夜攻めをためらっていた。

弓矢、刀槍の戦いにくらべ、銃撃戦では兵の損耗が七、八倍にものぼる。

五日の日没の頃、信長に降って将軍家の援軍となった三好義継《よしつぐ》勢が、桂川《かつらがわ》の南岸に達していた。

義継は畿内の守護に回状で危急を知らせ、細川藤孝勢があとを追ってきて合流した。

さらに、池田親正《ちかまさ》、伊丹親興《いたみちかおき》もやってくる。三好勢は、いちはやく情報を得て、六日の夜明けまえに桂川を渡り、三好義継、細川藤孝の同勢に攻めかかった。

義継、藤孝は必死に応戦したが、寡勢であるため支えきれず、潰走《かいそう》した。池田親正勢も上洛《じょうらく》の途中で急襲をうけ、池田城へ退却した。

伊丹親興は、一歩も退かず、三好勢の主力と斬りあった。十八歳の親興は、体に三カ所の手疵《てきず》を負い、手勢八十余人を討たれたが、ついに全滅かと思われたとき、本圀寺から監物と土橋佐太夫の鉄砲衆が駆けつけ、三好勢に間断なく猛射を浴びせた。

監物が大声で指図した。

「三手に分れて撃ちまくれ。弾丸を惜しむなよ」

本圀寺本堂の地下は巨大な弾薬庫であった。三好勢の先手が雨のような銃弾に薙ぎ倒されると、攻撃の足がとまった。

本圀寺御所から野村越中守、赤座七郎右衛門、森弥五八らが必死に斬りこんでゆくと、数を頼んでいた三好勢は、うろたえ潰走した。

侍大将たちは、懸命にくいとめようとする。

「敵は小勢じゃ。踏みとどまって追い払え」

だが、怯《おび》えた軍兵たちは、逃げ走るばかりである。

淀、鳥羽まであとを追った御所勢は、八百余人の敵を討ち取り、大勝した。

三好衆襲来の急報をうけた信長が、京に到着したのは、正月十日の朝であった。

雪がちらついていたが、晴天であった。十二日には、尾張、美濃、伊勢、近江、若狭、丹波、摂津、河内、山城、大和、和泉などから軍勢が上洛し、総勢八万人となった。

信長は野村越中守、伊丹親興、赤座七郎右衛門、明智十兵衛ら、本圀寺御所の警固に働いた侍たちに、賞賜を与えたのち、監物と土橋佐太夫を呼びだした。

「そのほうどもがおらねば、御所は落されておりしやも知れぬ。非常の働き、ほめてとらすでや」

監物と佐太夫は、重い砂金袋を貰った。

監物が願い出た。

「われらはいったんお暇《いとま》をいただき、紀州へ去《い》のうと思うております。どうぞお許しを頂《いた》あかひてよし」

信長は、白い歯なみを見せ、機嫌よく笑った。

「よからあず。十八日に禁裏で三毬打《さぎちょう》の儀がおこなわれるほどに、それを見物いたしてのちに、帰国せい」

三毬打とは、清涼殿の東庭に青竹を三本組んで立て、そのうえに扇子、短冊、主上の吉書などを結び、陰陽師《おんみょうじ》らが松拍子《まつばやし》を謡《うた》いはやしつつ、それを焼く儀式で、京都の町衆たちはそれをどんど焼きと呼んだ。

十八日は諸国の軍兵が、あまりに多く見物に集まったので、儀式を翌日に延ばした。

十九日の朝、信長は近習五百人を連れ、見物に出向いた。監物とおきたは、僧兵たちを連れ、信長に従い、声聞師《しょうもんじ》のはやしもにぎやかな祭を、めずらしく眺めた。

三毬打が終ったのち、信長は小御所の庭で主上から御酒を賜ることになっていた。晴天であるが、底冷えが強かった。

信長は床几《しょうぎ》に腰かけていたが、なかなか銚子《ちょうし》が出てこないので、待ちきれず、立ちあがり退出した。

主上に対し不行儀を働いた信長に、公卿《くぎょう》、殿上人《てんじょうびと》は眉《まゆ》をひそめた。

監物はおきたにいった。

「信長旦那《だんな》が祭の見物にきたわけは、内裏の様子を見るためや。お前も見たやろ。なんせ根来あたりの百姓家とあんまり変らんほど、荒れはてておるさかいのう。旦那はこれから御所の建て直しをするつもりや」

おきたはうなずく。

「忠義を尽さなんだら、諸人が旦那について行かんがよ」

「そげな、あけすけなことというたらいかん。旦那はめったにない器量者や。しかし雑賀衆は、この先、織田方に合力《こうりょく》せんことになるやろのう」

「何でぞね」

「雑賀衆は一向宗（浄土真宗）の門徒や。信長旦那はこれから堺衆を降参させたのちは、伊勢を攻めるんや。それから越前の朝倉を攻めて、そのあとで一向宗の石山本山に攻めかかるつもりや」

「坊《ぼ》んさんを、何で攻めるがか」

「坊んさんちゅうても、石山本山の十一代顕如《けんにょ》上人は、坊主将軍といわれてるさかいのう。門徒の数は五百万や。それがいっせいに立ちあがったら、信長旦那も、とても敵《かな》うまい。そやさかい、根切りというてのう、諸国の末寺をひとつずつ根絶やしにするんよ。そうなったら、旦那は仏敵やさかい、門徒の雑賀衆や湯浅衆は、とても本山に鉄砲はむけられん。織田に筒先をむけることになるやろのう」

信長と一向一揆が戦えば、どちらが勝つか分らないと、監物は考えていた。

一揆勢は死を恐れず、

「進む者は往生極楽、退く者は無間《むげん》地獄」

と大書した幟《のぼり》を押したて、仏敵にむかい突撃してやまなかった。

十七

信長は三毬打の催しで参内し、宮中が荒廃しつくしているのを知った。供衆に加わっていた監物とおきたは、あまりの荒れようにびっくりした。

御所の周囲には、築地塀《ついじべい》が崩れはて、竹垣に茨《いばら》を這《は》わせていたので、子供でも越えられる。

近所の子供は無断で宮中に入り、庭で相撲をとり、縁側で土こねなどをした。たまに破れたすだれを上げ、静まりかえった殿中を眺めても、人の気配もなかった。

泥棒が入っても、取るものもない。

禁裏の大修覆をするまえに、勘解由小路《かげゆこうじ》真如堂の、二条城新御所の石垣普請がはじまった。

乱世がつづくあいだ、地方からの諸貢納品がとどかなくなった朝廷の窮乏は、非常なものであった。

信長は繁忙をきわめる政務のあいだに、宮中へ雁《がん》、鯨肉《げいにく》、鮒《ふな》、串柿《くしがき》などを毎月献上した。

フロイスは工事場の様子をくわしく記している。

「信長は工事の継続するあいだ、市の内外の寺院に置いた鐘を鳴らすことを禁じ、工事人を集め、解散させるために、二条城中に置いた鐘のみを撞《つ》くことを許した。鐘が鳴ると、諸大名は部下とともに鍬《くわ》をたずさえ、手車を押して工事場に集まった。（中略）工事を見物しようと望む者は、男女すべて藁《わら》の履物のセキレ（尻切）と称するものを脱がず、かぶりものも取らず、彼のまえを通る自由を与えられた」

町なかで二条城の庭石を運ぶ尾張勢と、浅井勢が大喧嘩《げんか》をはじめたとき、監物とおきたは黒山のような見物の群衆にまじり、戦のようなそのさまを見物した。たがいに数千人を呼び集め、白兵戦に慣れた軍兵が土煙をあげ、刀槍《とうそう》をふるい殺しあうさまは、合戦のときと変らない。

半日ほどの喧嘩で、織田家の死傷は五百余人、浅井家は三百五、六十人の大損害を出した。

監物は日暮れがたに、浅井長政の制止でようやく収まった喧嘩の一部始終を見て、感心した。

「浅井殿も信長旦那も、ともにおだやかなものや。こげな喧嘩でいさかいを起こすよな、了簡《りょうけん》の狭いことやったら、とても天下の采配《さいはい》は振れんさかいにのう」

監物はおきたと、組頭たちを連れ、毎日仕事場を見物してまわった。

三月七日には、早くも石垣の普請が終った。

城郭は正方形で、一辺の長さは四百メートル、塀の幅は十六、七メートル、石垣の高さは七・五メートルである。

「信長旦那は、石山御本山を攻めるのに、手加減はすまいのう」

「何でぞね」

「二条御城の石垣の石が足らなんだら、石仏石碑、寺の礎石、五輪の塔ら、何でもふたつにぶち割って使うてるさけのう。神仏のたたりみたいなものは、考えてないんよ。御殿を建てるのも、よその寺の客殿をば崩ひて、それを運んできて建てるさかい、そんなに日にちかからんそうや。法華寺《ほっけでら》の本圀寺らは、皆持っていかれてしまうそうや」

「そんな無体なことしよったら、えらい騒動が起こるきに」

「それが、いまの旦那の力やったら、起こらんのよ。天台宗総本山の延暦寺《えんりゃくじ》も、焼いてしもちゃるちゅうてるらしいよ」

京都の経済を掌中にするためには、琵琶湖を利用する流通経済を押さえなければならない。そのためには、延暦寺を掌握する必要があるが、延暦寺は越前の朝倉義景と敵に協力してあたる同盟を結び、大名と変らない武力を養っていた。

監物は天文十二年（一五四三）、種子島に漂着した明国海賊船王直の船に乗っていたポルトガル人から、アルカブースという火縄銃を買い、はじめて紀州へ持ち帰った人物である。

根来《ねごろ》門前町の刀鍛冶《かじ》、芝辻清右衛門《しばつじせいえもん》は、たちまち火縄銃の複製に成功し、堺から鉄砲造りを習いにきた鉄砲又が大量生産に成功し、二十数年を経たいまでは、畿内《きない》にある鉄砲の数は二万挺を超えているといわれていた。

諸国で金銀がいくらでも生産できるので、ゴールド・ラッシュの様相を呈していた。

ポルトガル船は、マカオから九州まで春の季節風に乗って十五日から二十日間で到着し、精製された鉄、硝石、硫黄を大量に運んでくるので、日本の鉄砲製造数は、全ヨーロッパのそれをはるかに上まわるようになっていた。

監物はある夜、織田の侍大将に招かれ、したたかに酔って帰ってきた。

おきたは監物を臥所《ふしど》へ引き入れ、股《また》をさぐった。

「この糞《くそ》たれ爺《じじい》が、よそへ行きよってたわれ女《め》とええ思いしてきよったがか。唐《とう》瘡《がき》なんぞ貰うてきて、わたいにうつしようたなら、生かしちゃおかんがね」

監物は悲鳴をあげた。

「こら、そげな手荒いことをすな。わいはおきたの胄張《じんば》った体ひとつをもてあまひて、他の女子《おなご》に目ぇくれることら、ないんや。お前みたいな別嬪《べっぴん》の好きものが、めったにいてるかえ。そげな大巾着《きんちゃく》で締めあげらえたら、この監物さまでも腰抜けら」

「ほんまかえ、嘘やったら、睾丸《ふぐり》抜いてしもうてやるきのう」

「いつ抜くんや」

「酒にしびれ薬入れて飲まひて、動けんようにして、睾丸をばえぐり取っちゃる」

「あほめや、そげなことしくさったら、おのれは野垂れ死にや」

監物はしばらく酒臭い息を吐いていたが、やがていった。

「今夜聞いてきたがのう。信長旦那にも苦手があるらしいのう。甲斐《かい》の国の武田信玄や。信玄は駿河《するが》から遠江《とうとうみ》まで奪《と》ってしもうたらしいなあ。家康に怒られて、ちと返ひたらしいが、信玄は信長も家康も怖がってないそうや」

「そげな化物がいよったら、信長旦那も当分は本願寺へ手をつけられんがじゃろ」

永禄十二年（一五六九）八月、信長は伊勢の国司北畠具教《とものり》を、大河内《おおこうち》城に攻めた。激戦であったが、監物は三百人の根来衆を率いて参陣し、一人の怪我人も出さなかった。

信長は次子茶筅を具教の子具房《ともふさ》の養子とし、地侍の大軍団と伊勢水軍を兵力に加えることになった。

滝川一益を安濃津《あのつ》（三重県津市）、弟の織田信包《のぶかね》を上野（三重県津市上野）に置き、そのほかの城を破却した。

信長は十二カ国の分国を擁する大政権の棟梁《とうりょう》になっていた。

監物とおきたは、永禄十三年（一五七〇）の正月を、岐阜城下で迎えた。

監物は伊勢の合戦が終ったのち、信長に申し出た。

「いったん帰国ひたいと存じまするよし。ご用向きがあるときは、きっと駆けつけまするさかいにのし」

信長は笑っていった。

「さように帰り急ぐではないでや。そのほうどもがおらねば、先手の者どもが難儀いたすほどにのん。鳥目《ちょうもく》は望むほどにつかわすゆえ、いましばらくは山下《さんげ》にて遊んでいてくれい。当家の鉄砲衆に、撃ちかたの手ほどきをしてやってくれぬかや」

「ほや、そうさひて頂《いた》あくよし」

監物は、信長の希望を聞くかわりに、当座の手当てとして砂金一袋を貰いうけた。

彼は根来衆を呼び集め、砂金を分けてやりながらいった。

「毎日、飯と酒と垢《あか》すり女子に堪能ひてるが、ほんまは根来へ去《い》にたかろ」

「そら、去にたいのし」

「わいも紀の川で春先の鮒を釣りたいけど、去なひてくれんのう。わいの見立てでは、間なしに合戦はじまるろ」

「どことやるんなのし」

「越前の朝倉や」

「えっ、公方《くぼう》さんを長いこと養うた大名やないかのし」

「そうよ」

「その朝倉を、何で攻めるんかの」

「公方は、征夷《せいい》大将軍にはなったけど、信長旦那に頭を押さえられてしもうてる。諸大名へ出す将軍の手紙にも、信長の添え状がいる。殿中掟《おきて》ちゅうのもあってのう。公方はすることなすこと、信長にことわらなんだらいかんようになってる。そやさけ、朝倉に内書を送って、阿波の三好、大坂の石山本山と合力《こうりょく》ひて、信長を追討せえというてるんや」

「そげなことが、信長旦那の耳に入ったんかのし」

「そうよ、公方の内書は、全部は朝倉へ着いてへん。途中で信長の細作《さいさく》に見つけられて斬りすてられた密使もいるんや。そいつの持ってた内書は、旦那の手に渡ってるさけ、陰謀は皆分ったんや」

越前国主朝倉義景《よしかげ》は、永禄十二年の年末、信長の使者をうけた。

「明年年頭には、将軍に参賀のため、二条城に伺候下されたく、御下命にござりまする」

義景は、上洛《じょうらく》しなかった。

京都へゆけば、信長の軍兵に捕らえられ、陰謀の真否を問いただされたうえで、状況によっては命を落すかも知れない。

義景は、二条城への伺候を拒否するとともに、密使を小谷城《おだに》へ走らせ、浅井久政、長政父子に、信長が越前へ侵攻したときは協力してもらいたいと要請した。

監物が予想していた通り、信長は三万余の軍勢を率い、四月二十日、朝倉義景討伐のために敦賀《つるが》へむけ、京都を出陣した。

将軍命令で二条城参賀を命じたにもかかわらず、上京しなかった朝倉義景を、将軍の命に応じなかったかどで、攻撃するのである。

義景は形式のうえで、将軍命令に違反したことになるので、追討軍をうけてもしかたがなかった。

監物、おきたと三百の根来衆は、生絹《きぎぬ》に永楽銭染めぬきの旌旗《せいき》を立てた信長本陣備えに加わり、琵琶湖北岸の若狭街道を敦賀へむかった。

監物たちの従う信長本陣勢は、四月二十日の夜、和邇《わに》（滋賀県大津市）に到着し、二十一日には高嶋《たかしま》（滋賀県高島市田中）、二十三日に佐柿《さがき》（福井県三方《みかた》郡美浜町）に到着した。

信長は四月二十五日の夜明けがた、敦賀の妙顕寺に本陣を進め、天筒山《てづつやま》城へ攻めかけた。

天筒山城は、猛将疋田右近《ひきたうこん》が二千余の軍兵を率い、守っている。

監物は、織田鉄砲衆五百とともに、高所に陣取り、六匁玉筒と五挺の三百匁玉筒を咆哮《ほうこう》させる。

「今日の戦は、斬りあいの場へ近寄るなよ。巻きこまれたら、命ないろ。狙い撃ちだけひてりゃええんや」

監物は硝煙をたなびかせ、猛射をつづける根来衆が、前進しようとすると引きとめる。

はじめて見る朝倉勢のいきおいが、あまりにすさまじいので、白兵戦になれば叩《たた》きつぶされてしまうと思ったからである。

疋田右近の配下には、仁王のような力士衆と呼ばれる巨漢が揃っていた。現代のプロレスラーに匹敵する体格、腕力の持主である。

彼らは刃渡り五尺に余る大野太刀をふりかぶり、織田勢を薙《な》ぎ倒した。

辰《たつ》の刻（午前八時）から申《さる》の下刻（午後五時）まで続いた乱闘は、ようやく収まり、織田勢は千三百七十の首級をあげた。

木下勢は、天筒山城救援に押し寄せた朝倉景恒《かげつね》の五千の軍勢を途中でくいとめ、夕方の一刻（二時間）ほどのあいだに、朝倉方五百余人、織田方八百余人の戦死者を出す激戦を展開した。

佐柿の東五里の日本海に面した金ケ崎《かねがさき》城は、朝倉一族景恒の居城であったが、木下藤吉郎が退去を勧告すると、防禦《ぼうぎょ》の見込みがないものと観念したのか、二十七日の明けがたに城を捨て退却していった。

その日、織田勢は終日休養をとった。翌日の越前乱入にそなえ、英気を養うためであった。

日暮れどき、越前への入口である木ノ芽峠の城の様子を、蜂須賀小六の部下が物見に出るので、監物も物頭二人を連れ、同行した。

物見の士卒が襲われたとき、乱射して引き揚げるため、五挺《ちょうから》搦み筒を携行してゆくことにした。

峠の城には、朝倉の兵はほとんどいないはずである。翌日の夜明けとともに、三万の織田勢が押し寄せれば、たちまち打ちやぶられるためであった。

だが、木立ちのあいだを縫い、羊歯《しだ》を静かに踏み分けて近づくと、篝火《かがりび》の焔《ほのお》が天を焦がしていた。矢倉には弓鉄砲を持つ哨兵《しょうへい》が、楯《たて》をつらね、充満している。

城内には旗差物が隙間もなく立てつらねられ、重い荷を運ぶ軍夫のかけ声が遠近《おち》《こち》に聞えた。

「これは、ここで一戦交えるつもりかのう」

「それどころでないろ。夜明け時分には、押し寄せるつもりと違うかえ」

三万余人の織田勢に反撃するためには、よほど大勢の敵が木ノ芽峠に集結していると見なければならない。

「いかにも妙やなあ。浅井が叛《そむ》くのとちがうか。そうなったら挟み討ちをくらうろう」

監物たちは、陣所に帰り注進した。

「木ノ芽峠にゃ、とても五千より下とは見えん敵が、とぐろ巻いてますよし」

信長本陣は夜が更けても、篝火をさかんに焚《た》き、軍議をつづけていた。

浅井長政の軍勢は、まだ出陣してこない。浅井はかねて朝倉家と旧交が深い。当主長政の室として、信長の妹お市の方が嫁いでいるが、寝返るおそれがないとはいえなかった。信長の越前討入りにははじめから反対する意見を示していた。

二十八日の夜明けがた、北近江からの細作が二騎、駆けつけてきた。

佐々木（六角）承禎の残党、小谷城の浅井長政、横山の横山高長、山本の阿閉《あつじ》貞家、今浜の磯野秀昌《ひでまさ》が、それぞれ兵を率い、敦賀へ押し寄せてくるというのである。

宵のうちからの軍議は、打ちきられた。

信長は激怒して、いったんは敦賀に踏みとどまり、腹背に浅井、朝倉の同勢の攻撃をうけ、死力をつくして戦おうとしたが、家康が諫《いさ》めた。

「攻むるも退くも、戦の駆け引きにござりますれば、自在におこなって然《しか》るべし。檀公《だんこう》三十六策に、走ること上策なりとありますれば、いったんは引き退き、捲土《けんど》重来《ちょうらい》をあい計るが上策の最たるものと存じまする」

信長が諸将の意見を聞いたが、やはり退陣を勧める声が多かった。

信長は決断すれば迅速な行動に出る。

徳川家康が、千余の三河衆に護られ退陣の先頭に立ったのは、六つ半（午前七時）頃であった。

つづいて佐々《さっさ》内蔵助《くらのすけ》鉄砲隊三百余人が、若狭街道の一揆《いっき》にそなえ、早駆けで徳川勢のあとを追った。

後衛は、木下藤吉郎の指揮する川並《かわなみ》衆千二百余人と、根来鉄砲衆三百人である。

監物は根来衆を五十人六組に分けさせる。敵が押し寄せてくれば、五十発ずつ間断なく狙撃《そげき》する。相手が万余の軍勢でも、寄せ足をとどめさせられるほどの、死傷者を出させてみせる自信があった。

監物たちは、昼過ぎまで敵勢が近づくと、金ケ崎から斉射を浴びせかけ、追い払って、昼過ぎに退却に移った。

敵の手薄な浜辺を選んで逃げるつもりであったが、そこには朝倉勢が充満していた。

「それ、撃て。いまじゃ」

監物が喚《わめ》き、五十発ずつ交互に射撃をつづけさせる。

銃身がしだいに熱してきて、濡《ぬ》れ手拭《てぬぐ》いで冷やしても、つづけ撃ちは無理だと思えてきた頃、東南の山頂から、百雷のとどろきわたるような銃声が鳴りわたった。

先行していた佐々内蔵助鉄砲隊が、救援に駆けつけてきたのである。

「助かったのう。六百挺あったら、敵も追い撃ちはできなよう」

監物は、おきたと硝煙にくろずんだ顔をゆがめ、笑みを交わした。

根来衆は射撃しつつ巧みに後退し、損害を出していなかったが、川並衆の人数は半減していた。

若狭街道を佐柿、熊川、朽木《くつき》と南下し、ようやく京都八瀬《やせ》の谷間に辿《たど》りついたのは、五月一日の夕刻であった。

信長は京都本陣を本能寺に置き、朝倉に呼応して畿内《きない》に叛乱《はんらん》を起こした敵を掃《そう》蕩《とう》したのち、五月九日の朝、近江へ出陣した。

監物は岐阜城へ帰る信長に暇乞《いとまご》いをして、紀伊根来への道を辿った。

「今度、そのほうどもが力の入用ならば、急使をつかわすほどにのん。はやばやと出てきてくれい」

信長は多額の報酬を監物にくれた。

十八

根来の覚鑁山《かくはんやま》をゆるがしていた夏蟬《なつぜみ》の声も、いつしか静かに尾を曳《ひ》くひぐらしの声にかわっていた。

八月も末の根来の野には、薄《すすき》が白い穂波をゆらせ、赤とんぼが澄んだなかぞらに浮かんでいる。

監物は五月なかばに根来に帰ってのち、昼間は根来杉ノ坊の覚明《かくみょう》のもとで、頭領衆との評定の座に出て、今後の方針について軍議をおこなう。

根来の諸坊には、およそ八千の僧兵がいるが、常に諸国大名に傭《やと》われてゆき、山内にとどまっているのは、そのなかばほどの人数であった。

杉ノ坊の広庭の池に面した大広間で、編んだ頭髪を長く背に垂らした、肥えふとった頭領のひとりが、懐から取りだした書付を、声高に読みあげた。

「三好三党衆、諸牢人《ろうにん》あわせ宗徒一揆《むねといっき》のともがら糾合、およその数一万数千あり。摂州の山野凶徒充満、なお日を追ってその人数を相増し、畿内中筋をうかがい、洛中に乱入をあいくわだつるの刻《とき》、右の趣岐阜《ぎふ》に注進あるべく候。

八月十四日　　藤吉郎　花押

小一郎どのへ

人々へ」

それは、七月なかばから信長の命令で京都に出て、京都奉行役村井貞勝の補佐をつとめている木下藤吉郎が、江州浅井郡横山城で、北国《ほっこく》街道の最前線をかためている、弟の木下小一郎にあてた書状であった。

小一郎（秀長《ひでなが》）は、蜂須賀小六、竹中半兵衛らとともに、二千三百の士卒を率いている。藤吉郎は小六の義兄弟である前野将右衛門とともに、六百余人の手勢を連れ、御所の警衛にあたっていた。

藤吉郎が、北近江横山城の小一郎にあてた書状は、義兄（おねの兄）林孫兵衛が騎馬武者の一団を率い、急行して届けに行っている。いま頃は、小一郎が岐阜城の信長に急報の使者を走らせているであろう。

その書状が監物たちの眼前にあるのは、藤吉郎の召使う右筆《ゆうひつ》が根来衆の間者《かんじゃ》で、写しをいちはやく送ってきたためである。

「今度は、信長もちと危ないのう」

頭領のひとりが、つぶやくようにいった。

「なんせ、公方が信長をひねりつぶしとうて、石山の坊主将軍と、越前の朝倉、近江の浅井、甲斐の武田をけしかけてる。そのうえに三好党が前将軍の残党と出てきたさかい、まことに危うい形勢や。三好党には、雑賀衆がついてるさかいのう」

三好党は、第十三代将軍足利義輝の執事であった三好長慶の下に結集していた四国の強豪で、一族の安宅、十河の二豪族も出勢している。信長上洛のまえに四国に逃げた前将軍義栄の部将であった篠原長房も、手兵を率い参加しているという。

覚明がいう。

「本願寺は底知れん力を持ってるさかいのう。諸国に檄《げき》を飛ばひたら、どれほどの数の一向一揆があばれだしてくるか分らん。

いかな信長でも、今度はよっぽど智恵をめぐらさなんだら、破滅するろう。雑賀を敵にまわひたら、わいらもうかうか戦をできんわえ。外見《そとみ》は敵味方やが、内実は雑賀というたら根来の親戚みたいなもんやさけにのう」

監物は雑賀衆の地侍である。妻子のもとへ帰るつもりはなく、おきたとの暮しをつづけていても、雑賀衆と銃火を交えるつもりはなかった。

覚明は、いずれは信長が戦線へ根来衆を誘うと見ていた。

「堺の茶坊主らが、信長に頼まれてくるやろ。金銀を積みあげての頼みやろうが、ことわることもない。雑賀衆との撃ちあいには、たがいに通じおうて、空鉄砲を撃ったらええんやさけにのう」

空砲を撃ちあって、戦うふりをするというのである。

監物はいった。

「そら、そううまいことといかんやろかえ。信長も鉄砲の扱いが、名人達者というほどではないけど、うまいさけ小細工ひたら、じきに見破るよ。合戦に出たら、金貰《もろ》うた分だけは、働かないこまいかえ」

頭領のひとりが聞く。

「ほや、お前はどうするつもりなら。雑賀衆を撃ち殺せるかえ」

「そうやなあ、殺さんまでも、撃ちあいに負けちゃろかえ」

雑賀衆は浄土真宗の門徒である。

合戦に出れば、命を惜しまず猛烈な攻撃を仕懸けてくるに違いない。根来衆は、本願寺に入城した雑賀衆より多い人数を出さず、撃ちあいでは力負けしたように見せかけ、敗退するのである。

覚明は、溜息《ためいき》をついた。

「なんせ信長は、叔母《おば》が津島の商人《あきんど》に嫁入りしたというほどやさけ、金ごしらえが旨《うま》い。いま諸国大名のうちで、信長ほど金持ってる者はおらんさけにのう。めったに放せん金蔓《かねづる》や。うまいことやろらよ」

監物は評定が終ると合薬場《ごうやくば》へ行く。

合薬場は、火薬の製造場である。合薬の職人たちは、洞穴のなかや古家の床下の乾燥した土の色を見て、火薬の原料となる硝石の有無を見分ける。

硝石は鼠、いたちなどの小動物、小虫、枯葉などが腐蝕《ふしょく》してまじった、古い土の表面にある。

地面を三寸から一尺ほど掘り、ひとつまみの土を舌にのせ味わってみると、硝石をふくんだ土は甘みがあり、舌の裏まで刺し通すような強い刺戟《しげき》があった。

硝石をふくまない土に、刺すような味はない。

硝石をふくんだ土は、合薬場で水桶《みずおけ》に沈め、そのうわずみをとり、煮たてて塩状にのこった煙硝をとる。

そのような精製工程を幾度かくり返し、上、中、下の品質の煙硝をつくる。

できあがった煙硝は、木臼《きうす》でこまかくつき砕かれ、硫黄粉と木炭粉を混ぜあわせる。

煙硝、硫黄、木炭はいずれも吸湿性が強く、四季の変化によって配合率が変えられる。煙硝の品質、分量を変え、爆発力を調整し、さまざまの種類の火薬をつくることもできる。

そうしてこしらえた火薬のうちには、南蛮から輸入する白煙硝よりも、爆発力の強いものがあった。

合薬場の隣には、つくりあげた火薬の爆発力を試す、角場（射撃場）がある。

鬢髪《びんぱつ》に霜を置いた監物は、五十を過ぎた年齢であるが、根来衆のうちで最高の狙撃の名手といわれる、十人衆のうちに入っていた。

「御大将、ひとつ試ひてくれんかのし」

角場の小頭《こがしら》が声をかけ、監物は重さが三貫匁ほどある十六匁玉筒を取りあげ、慣れた手つきで早合せの火薬と鉛弾を込めた。

槲杖《かるか》で火薬と弾丸をつきかためたあと、地面に折敷き、左膝をたて、そのうえに銃を支える左肱を置く。

鉄砲には元目当《もとめあて》、中目当、先目当と三つの照準器がついていて、弾丸には後部に四、五本の竹串を挿《さ》している、狙撃用の弾丸である。

試射に使う鉄砲は、癖のない使いこまれたものである。

監物は狙いさだめて撃つ。

周囲の山腹に轟然と銃声がこだまして、十五間（約二十七メートル）先の径二寸の標的に、弾丸が命中した合図の白旗があがった。

「煙硝のぐあいは、ええようなのし」

「そうやなあ」

「それにひても、御大将は年齢《とし》にひたら、ほんまにええ腕やのし。衰えまへんよし」

「眼がちとかすんできたがのう。遠方はよう見えるさけ、気遣いない」

監物は重い十六匁玉筒を軽々と操作して、つづけさまに十発撃った。

弾丸はすべて標的の中心に命中していた。

「やっぱり、ええ腕やのし」

「そうかえ。わいは鉄砲と女子が好きやさかいにのう。どっちも穴あけるのに変りはないわえ」

監物は小頭の笑い声をうしろに聞き、寺内の屋敷へ帰る。

「お帰り」

おきたが、はなだ色の小袖《こそで》を着て迎えた。洗い髪が背に流れている。

「もう湯風呂《ゆぶろ》に入ったんか」

「そうやけんど」

彼女は両手を監物の首にまわし、抱えこむようにして、くちづけをした。

「なんじゃ、晩飯食うまえに床急ぎか」

「わるいかえ」

おきたは両眼に、淫《みだ》らな光をたたえていた。

「ほんまに、お前は強いやつじゃ」

監物は、おきたが十七の年齢のときにはじめて抱いた。

それからもう二十七年経っていた。彼女は四十四歳になっている。さすがに昔の花のような色香は去ったが、美形であることに変りはない。手首、足首のひきしまった駿馬《しゅんめ》であった。

おきたを知るまで、至るところで売女《ばいた》を買っていた監物が、その後の長い年月を、彼女ひとりで満足してきた。

一刻（二時間）ほどを閨《ねや》で過ごした監物は、おきたにいう。

「お前は、思うてみればふしぎな女子じゃなあ」

「なにがふしぎぞね」

「おきたは、ほんに飽きのこん女子じゃなあ。二十七年もいっしょにきたとは、嘘のように思えてならんわえ」

「これ、若い女子と取りかえるつもりがか。そがいなことしよったら、わたいは自害するきにのう。嘘をいうちょるんじゃないきに」

「わいの女子は、お前で仕舞いよ」

監物がおきたとともに、戦場に出た数も、いまでは覚えていなかった。

野戦の経験は、おそらく百度を超えているだろう。そのあいだに監物の多くの部下がいれかわった。いまも彼の率いる人数のうちに、最初から行動をともにしてきた者は、組頭の与左衛門ひとりが残っているだけであった。

監物はおきたの、昔と変らない形のいい上体を抱きしめた。

「死ぬときは、いっしょに死のう」

「うん、そのつもりにしちょるぜよ」

おきたは監物の口を吸った。

信長が三万余の軍勢を率い、さらに三万の畿内《きない》衆と合流し、天王寺に本陣を置いたのは、八月二十六日であった。

二十八日には、野田、福島の三好衆陣所附近の民家をすべて焼きはらい、天満《てんま》ケ森、川口、神崎、上難波、下難波に布陣した。

この日、堺の茶人今井宗久が根来寺を訪れた。宗久は堺で屈指の武器商人で、根来衆とは以前から深い交流がある。

宗久は杉ノ坊に集まった根来衆の頭領たちに告げた。

「本願寺は、野田、福島の三好衆の砦《とりで》が落ちなば、大坂滅亡の儀は目前にあると見てござります。開山一流の破滅なきよう、門徒のともがらは忠節をぬきんでよと、紀伊門徒へ檄文《げきぶん》を送るそうや。

いま本山にたてこもる番衆は二万人。顕如上人《けんにょしょうにん》の檄が飛ばされなば、その数はたちまち二層倍にもなろう。

紀伊雑賀衆らは、生きながらにおのれどもを弔う逆修碑《ぎゃくしゅひ》を建て、われ先にと本山へ向うておると、聞いてござります。それにつけても、雑賀衆の鉄砲とまともに向いおうて勝負できるのは、根来衆のほかにはおらぬゆえ、信長公には、費《ついえ》はいかほどなりとも前もってお渡しいたし、当山をあげてお味方なされたしと、願うておりまする。

勝つも負くるも、御辺方《ごへん》の胸三寸にかかっておりますれば、是非にもご参陣願いたしと、私に使者を仰せつけられししだいにござりまする」

覚明が聞いた。

「雑賀衆とは、これまで何遍も所領争いで喧嘩ひておりまするがのし。何というても仲の悪い親戚のようなものや。正面から戦をするとなれば、二の足を踏みますらよし。宗久殿は、儂《わし》らがこの話をことわったら、どうしなはるつもりかのし」

宗久は、さし迫った声でいった。

「さすれば進退きわまるなれば、腹を切るよりほかはござりませぬ」

「いま当山には、僧兵四千余人がおりまする。兵を出すというても、守護の人数を残さねばならず、まず三千人を動かすのが精いっぱいのとこやろうと思いますがのし」

宗久は畳に額をすりつけた。

「それにてようござりますほどに、なにとぞお聞きいれ下されませ。出費はいかほどなりともお申しつけ下されませ」

覚明たちは、思いきって傭兵の費用を吹きかけたが、宗久は異存なく、前渡しをするといったので、三千の根来衆が大坂へ出陣することになった。

監物は話が決まったあと、屋敷に戻り、おきたに告げた。

「おきたよ、えらいことになったろう。信長の石山本山、三好攻めに、根来から三千人も出向くことになったんや」

「そうかえ、わたいはあんたといっしょなら、どこへでも行くぞね」

「石山本山というたら、生玉《いくたま》の荘にあるんや。川幅二百六十間（約四百六十八メートル）の近江川（のちの淀川）をはじめ、中津川、大和川、百済《くだら》川、狭山《さやま》川と、数えるのも難儀なほど、大《お》っきいのやら、小《ち》っさいのやら、浅いのやら深いのやら、さまざまの川に四方を囲まれてる。

生玉の荘のまわりにゃ、二十いくつの島があってよう。そこに砦が仰山《ぎょうさん》あって、門徒がたてこもってるんや」

石山本山は、御堂を中心として寺内六町がある。

西町、北町、南町、清水町、新屋敷町、檜物屋《ひものや》町という六町があり、町年寄十六人が一切の政務をおこなっていた。

本願寺には、諸国門徒から懇志と呼ばれる巨額の志納銭が納められていた。顕如は莫大《ばくだい》な財力を背景に、朝廷、公家《くげ》、大名と交流し、永禄二年（一五五九）には、最高の寺格である門跡《もんぜき》を勅許された。

禁裏と本願寺のなかだちの役をつとめる青蓮院《しょうれんいん》門跡、九条家、二条家は、本願寺から経済扶助をうけていた。

姉川《あねがわ》の合戦で、八千の浅井勢が一時は二万六千の織田勢を蹂躙《じゅうりん》するいきおいをあらわしたのは、先鋒《せんぽう》の磯野丹波守の軍勢のおおかたが、近江門徒であったためであるといわれている。

顕如の夫人は転法輪三条公頼《きんより》の三女で、その姉は武田信玄の正室である。朝倉義景の母広徳院は、武田氏の出身で、顕如、朝倉、武田は姻戚《いんせき》である。

紀伊雑賀衆は、そのほとんどが門徒であった。彼らは数千挺の鉄砲をそなえている。雑賀荘の人口は十万前後、門徒衆兵は八千人であった。

九月四日、紀州根来衆三千余人が、天王寺の信長本陣に到着した。巳《み》の刻（午前十時）から降りだした細雨のなか、美麗な具足をつけ、長髪を背に垂らした僧兵たちは、牛皮の雨覆いをつけた鉄砲を担ぎ、ぬかるみを踏んでくる。

隊長は、紫、緋色《ひいろ》、草色のいろどりが眼をひく胸懸け、しりがいをつけた肥馬にまたがり、するどい号令を発している。

小荷駄の輓馬《ばんば》は、信長がはじめて眼にする長大な鉄砲を曳いていた。

信長は七日になって、野田、福島に近い天満ケ森に進出した。いよいよ攻撃にとりかかるのである。

天満天神の拝殿、会所は放火され焼けつくしていたので、信長は天満ケ森のなかに幕舎を建て、本陣とした。

監物たちは、天王寺《てんのうじ》に宿営していた。いよいよ戦闘がはじまるまで、後方で休息をとるのである。

織田勢の先陣は、野田の北方海老江《えびえ》（大阪市福島区）堤に進出している。信長は八日に、近江川口に敵城攻撃の拠点とする向城《むかいじろ》を築き、敵城の濠《ほり》を土砂埋草でうずめにかかった。

九月十二日、信長は将軍義昭とともに、海老江に進出した。

前日の朝、根来衆に前進の命令が下っていた。

十二日の夜明けまえ、根来衆の三千挺の鉄砲が火蓋《ひぶた》を切った。城中から雑賀衆の銃口が火を噴いた。

戦闘のはじまるまえ、根来衆の間者《かんじゃ》が野田城中に忍び入り、たがいに射撃の目標を外すよう打ちあわせた。

双方からの射撃がはじまると、織田勢、三好衆には容赦なく弾雨が浴びせられたが、根来衆、雑賀衆はたがいを狙撃しない。根来衆が三百匁大筒の砲撃をはじめると、雑賀衆も応じた。

空中には硝煙が墨を流したようにたちこめた。

十九

硝煙のたちこめた空間に、流星花火のように撃ちあげられた三百匁玉筒の焼け玉が、いきおいを増した雨のなか、湖面のように泥水をたたえた田圃《たんぼ》に落ち、しぶきをあげる。

石山本山から出てきた雑賀衆と、織田勢に従う根来衆の鉄砲は、五千挺を超えるので、宵闇のように暗くなった空間に、絶えまなく無数の蛍火のような銃火が明滅し、耳もとを熊蜂がうなるような音をたて、弾丸が擦過してゆく。

「おきた、この戦は危ないろう。雑賀衆とは話しおうて、たがいの撃ちあいはやらんことにひてるが、はぐれ玉がどこから飛んでくるやも知れん。楯《たて》のかげにしゃがんで顔出すなよ。わいが敵の進退を見届けちゃるさかいにのう」

監物は、さっきまで提げていた十六匁玉筒を従兵に渡し、大身の槍を臑《すね》の脇に立てていた。門徒兵がいつ襲いかかってくるかも知れないためである。

三千の雑賀衆は、両翼を張った陣形を、しだいに方形に変えていた。石山本山の門徒兵は、前夜の風雨にまぎれ、近在の男女が寺内に入りこんだので、たてこもる人数は四万にも達しているという情報が、監物のもとに届いている。

三千挺の鉄砲をつるべ撃ちにしても、支えきれないほどの一揆《いっき》勢が、目前に集結しているのである。

彼らは突撃をはじめるとき、「なまんだぶ、なまんだぶ」と高唱する。その声が高まってくると、彼らは恐怖を忘れる。銃弾を身にうけて死ねば、極楽浄土へゆけるのである。監物たちは、雑賀衆の陣所に銃砲の筒口をむけるとき、人影の頭上を撃ち、狙いをはずすが、門徒兵は容赦なく薙《な》ぎ倒す。

そうしなければ、いたたまれない気持ちになった。

門徒兵は刀槍をふりかざし、前面ばかりではなく、左右にもひろがり、「欣求《ごんぐ》浄土《じょうど》、厭離穢土《おんりえど》」の旗を押したて、どれほど銃火を浴びせかけても、わずかずつ押し寄せてくる。

三十匁玉筒、五十匁玉筒で撃てば、数人が吹き飛ばされるように倒れるが、頑丈な鉄楯をつらねているので、兵力の損耗はすくない。

「これは危ないろう。なんせ万で数える人数やさけ、走りまわりくさったら、四百や五百撃ちとめても、出足とめられんろう。いまのうちに、三百匁筒に散らし玉をば込めとけよ。五挺揃うて、散らし玉を燻べちゃったら、ちとひるむやろさけ、その隙にうしろの天満ケ森へ退くんや。槍衆に殿《しんがり》固めさひて、鉄砲の三段撃ちをばやりもて、森のなかへ退陣《のきじん》や。分ったか」

監物は組頭、小頭を呼び、命じた。

「味方の者らと打ちあわせいでもええがのし」

「そげなこと、皆心得てるよ。銘々《めんめ》凌《しの》ぎに退陣せなんだら、あいつらに巻きこまれてみよ。どうにもならんろう」

「織田の衆は、どうすらのし」

「放っといたらええが。大川渡って向い岸へ逃げよかえ。わいらは、金しだいで働いてるだけや。命まで取られるよな働きは、せいでもええんじゃ」

根来衆は織田勢の先頭にいる。敵を支えきれず退却するときは、近江川にもっとも遠い位置にあるので、一揆勢に追いつかれる危険にさらされる。

監物たちは前夜、雑賀衆の頭領土橋若太夫、雑賀孫一とひそかに打ちあわせていた。

土橋はいった。

「明日は、鉄砲三千挺で総攻めにいくさけにのう。無理に踏みとどまるなよ。天満ケ森へ逃げよ。ほいたら一揆衆もあとを追わんさけ。わいらは、近江川の土手へ織田の奴原《やつばら》を追いあげるんじょ。ええか、大勢で行くろう」

監物が聞いた。

「大勢て、どれほどなら」

土橋が押し殺した声で答える。

「まあ、一万五千の上やのう」

それだけの人数が、雑賀衆の三千挺の鉄砲の掩護《えんご》射撃をうけて押し寄せてくれば、支えきれない。

いま、根来衆と行動をともにしている織田勢は、一万弱である。ほかの人数は海老江、木津川口、天王寺に分散していた。

銃弾、矢の飛びかうなかを、馬に乗って進退することはできないので、乗馬は天満ケ森の仮陣所につないでいた。

監物たちのいる、近江川南岸かすがい口の織田勢は、前田利家《としいえ》、佐々内蔵助、丹羽長秀ら尾張衆の精鋭であるが、雨のように注がれる雑賀衆の銃弾のもと、急速に損害をふやしていた。

だが十二日は豪雨に行動をさまたげられ、両軍とも攻撃を午後遅く中止した。

野戦に慣れた根来衆は、雨水が寄せてこない高所に陣小屋を組み立て、夜中も半数は眠らず敵の来襲にそなえた。

命知らずの敵勢は、おそらく雨があがれば強襲を仕懸けてくるに違いなかった。怒濤《どとう》のように押し寄せてくる門徒兵との白兵戦の渦に巻きこまれたら、生きて逃れることはむずかしい。

監物はおきたにいいふくめた。

「天気がようなったら、一向一揆の奴原は寄せてくるさけのう。わいの手の者はそのときにゃ手向いせんと、皆逃がすよってのう。お前は馬の傍から離れんと手綱持ってよ。さっさと逃げよら。

わいも年やさけに、槍使おうと思うても、思うように働けんやろ。若い者にくらべたら、どうにも動きが遅いさけに、三十六計逃げるにしかずや。道明寺辺りまで一気に走って、味方をば待とら」

「あいよ、お前《ま》さんのいう通りにするぞね」

おきたは、監物と二十七年暮らしているあいだに、かどがとれて柔順になり、老いた監物を支えようとする。

監物は武辺者であるだけに、修羅場の駆け引きは、血気さかんな若者をも制圧する力をそなえているが、体力がじきに落ちてくる。

おきたは昔とほとんど変らない。身ごなしもすばやく、監物が何かをしようとすると、ひきしまった体で、彼を支える。

監物は諭すようにいう。

「お前は達者で、若い者らといっしょに走ってもへこたれんが、女子やさけにのう。斬りあいになったら、とても男の相手にゃならん。そやさけ、わいといっしょに逃げるんや。無理ひたら、命取られるろ」

戦場で入り乱れて戦う男たちは、必死の力をふりしぼっている。

彼らはふだんとはまったく違う身動きで、獣のように荒れ狂う。監物はいつからか、彼らに対抗できる力を失っているのに気づいていた。

九月十三日は終日嵐が荒れ狂った。太い立木が折れるほどの強風で、夕刻には高潮が近江川の河口からあがってきて、根来衆の陣所もあやうく水没するところであった。

織田勢は嵐が去り、晴れわたった空に陽のかがやく翌十四日の朝、石山本山を攻めるため、水没した田畑の水を蹴《け》って、多くの井楼《せいろう》を押し進め、銃火を敵陣にそそぎかける。

午《うま》の刻（正午）を過ぎた頃、門徒の集団が、続々と石山本山の外曲輪《そとぐるわ》の柵門《さくもん》から出てきた。

扇形に織田勢の前面に展開した門徒兵は、「南無阿弥陀仏《なむあみだぶつ》」の六字名号《みょうごう》を高唱しつつ、飛んでくる矢玉をものともせず、甲高い号令があがると、暴風のような射撃を浴びせてきた。

石山本山で、数十の早鐘が撞《つ》き鳴らされると、門徒兵の集団が四方にあらわれ、喊声《かんせい》をあげ殺到してきた。

根来衆は迅速に陣を引き払い、戦場を引き揚げてゆく。織田勢から母衣《ほろ》武者が馬を飛ばし、駆けてきて高声になじった。

「おのしどもは、なぜ逃げるでや。雑賀衆と気脈を通じておりしか。裏切り者め」

「裏切るわけではないがのう。雑賀と根来は仲が悪いが、親戚のようなもんや。それは誰でも存じておろうが。親戚が、まともに殺しあいができるか」

杉ノ坊覚明が、馬上から答えた。

「織田勢から頂戴《ちょうだい》した黄白《こうはく》は、いつでもご返却いたすゆえ、根来寺までご足労ながら受け取りに参られよ。それではわれらはこれにて引き揚げようぞ」

織田勢は、戦を見限った根来衆が、天満ケ森のほうへ退却をはじめたのを見て、動揺した。

「根来衆が退陣いたさば、われらばかりにては、支えきれぬ。いったん近江川を渡って上さま（信長）ご本陣まで引き揚げようぞ」

織田勢には、三好衆を圧倒したいきおいはない。雑賀衆の暴風のような射撃に身をさらせば、たちまち死傷者の山を築くばかりで、士卒は怯《おび》え、進もうとしない。

射撃に掩護《えんご》され、数も知れない一向一揆の男女が、乱髪をなびかせ、白刃を手に押し寄せてくると、たちまち先手から陣形を崩し、退却してゆく。

監物はおきたとともに馬に乗り、三百人の部下に円陣を組ませ、天満ケ森へむかった。

「仏敵は、一人も逃がすな」

「皆殺しにしてやれ」

諸国から駆けつけてきた一揆勢は、織田勢と根来衆を見分けることも知らず、斬りこんでくる。

「わいらは根来の者や。雑賀衆と話しあいはすんでる。このまま引き揚げるさけ、手出しすな」

根来衆が声をからして説得しようとするが、一揆勢のたかぶった耳には届かない。

根来衆は円陣を組み、外側へ長槍を向け、一揆勢を斬りこませないように防いでいるが、敵の人数は際限もなくふえてくる。

覚明はついに下知した。

「このまま去《い》ぬのは無理や。前に立ちふさがってくる者は、撃ち殺せ」

根来衆は、ついに鉄砲の筒口を一揆勢にむけた。

百人、二百人が交替して一斉射撃を敵に浴びせると、一揆勢は将棋倒しに撃ち倒される。雷のような銃声と、硝煙に気勢を殺《そ》がれた一揆衆が、いったん動きをとめたが、彼らは退却しなかった。

喊声に天地を震わせ、韋駄天《いだてん》走りで攻めかけてくる。三千挺の鉄砲衆の火力をものともせず、撃ち倒されても狂ったように斬りかかってきた。

戦闘に慣れた根来衆は動揺せず、敵の先手に猛射を浴びせつづけるが、死を怖れない一向一揆勢は、味方の屍骸《しがい》を踏み越え、肉迫してきた。

円陣の中心にいる覚明が、馬上から大声で下知した。

「このまま退がれ。鉄砲を撃ってりゃ、敵は斬りこんではこんさかい、味方同士で肩を寄せおうて、一歩ずつ引いていくんや」

近江川から南へ離れた根来衆は、織田勢と遠く離れていた。

彼らは万を超える、汗と垢《あか》にまみれた一揆勢の重囲の渦中にある。天満ケ森に入ろうとしたが、森のなかには、新手の敵勢が充満していた。

「仕方ない。このまま南へ退がれ。道明寺から和泉の山手へ入るんや」

和泉の山なみに辿《たど》りつけば、あとは間道伝いに根来へ帰れる。

だが天満ケ森から道明寺までは、五里の道程である。雲霞《うんか》のようにむらがってくる門徒の集団を追い払いつつ退却するには、平地を進まず、八尾から生駒の山裾《すそ》に沿って行かなければならない。

戦場往来をかさねた監物は、このまま南方へむかううちに、遠近《おちこち》の村々から一揆勢に加わる者がふえるいっぽうで、ついには進退さわまるのではないかと見て、総大将の覚明に告げた。

「兄者《あにじゃ》よ、この先に森が見えるがのう。あそこへたてこもって、追うてくる奴らをゆっくり狙い撃ちひちゃろらよ。皆、弾丸は一人に百五十発は持ってる。三千人で四十五万発や。敵を引き寄せては撃って無駄玉を出さんようにひたら、十万の敵でも皆殺しや。この先逃げてばっかりひてたら、しまいに円陣突き崩されて、負けてしまうろう」

「うむ、そうするか」

覚明は同意した。

森のなかへ入ると、ふるびた八幡社があった。

「よし、ここであいつらと二日でも三日でも取りあいするんや。皆、まわりを取り巻いてる輩《やから》をば、望み通り極楽へ送っちゃれ。兵粮《ひょうろう》、硝薬はいくらでもある。井戸もあるさけ、ここへたてこもったら、あいつらはどうにもできん。腹すえてやったれ」

三千人の根来衆は、追ってくる一揆勢にはじめは大筒の散らし玉を放って度胆《どぎも》を抜き、それから、目標をはずさない正確な射撃をはじめた。

一揆勢は、樹木のあいだに身を隠し、轟々《ごうごう》と射撃をつづける根来衆が、甚大な損害を強いる恐るべき火力をそなえていることを、はじめて思い知らされた。

五百人、千人と集団で斬りこんで行こうとしても、百歩も走らないうちに、一人もあまさず薙ぎ倒される。

半刻（一時間）も経つうちに、一揆勢は森を遠巻きにして攻め寄せてこなくなった。

夜になって監物は月明りの下で、おきたにささやく。

「あいつらは、もうわいらには手出しできんさけ、明日になったら、石山本山へ帰って行くろう」

「そがいにうまいこといくろうか」

「今夜のうちに、味方の者が十人、十五人と分れて夜討ちをば仕懸けるさけにのう。おとろしくなって逃げくさるよ」

監物はおきたを抱き寄せ、乳首をまさぐった。おきたはたちまちあえいだ。

「そがいなことをせんと、抱いておくれ」

監物をおきたも抱きしめる。具足をつけたおきたにくちづけをしているとき、耳もとで蜂がうなったような音がして、彼女が首を垂れた。

「なんや、どうひたんや」

監物がおきたの顎《あご》に手をあてると、彼女は地面へ崩れ落ちた。

監物は息を呑み、おきたを見る。冑《かぶと》をはずした前額から血が流れ出ているのを知ると、監物は動悸《どうき》を高鳴らせた。

呼吸はもはやとまっていた。頭のうしろに血は流れていない。瞬間に監物は察した。どこからか飛んできた流弾が、おきたの額に命中し、弾丸は頭蓋《ずがい》のうちにとどまっているのだ。

「おきた、おきた。わい一人を残ひて逝ってもたんか。なんと気の早いことするのう」

監物はおきたを地上に寝かせ、見開いたままの眼を閉じさせ、両手を合掌させる。

「待ってよ、わいもすぐにお前のところへ逝ちゃるさけのう」

組頭たちが寄ってきた。

「おきたはん、死んだかのし。おのれ、弔い合戦やらないかん」

監物はかぶりをふる。

「いや、放っといてくれ。わいはここで死ぬさけ、お前らは根来へ帰って、わいらを葬ってくれよし」

いうなり監物が長槍をふりかざし、敵陣へむかい駆けだした。

監物の部下たちは、鉄砲を手にあとにつづく。

監物は宙を飛んで敵中に駆け入ると、槍を振りまわし、手当りしだいに敵を刺し、薙ぎたてる。

あとを追ってきた部下たちは、鉄砲を乱射し、焙烙火矢《ほうろくびや》を投げ、すさまじいいきおいで荒れ狂う。一揆勢は浮き足立って逃げ走る。

やがて森のなかから、千人ほどの根来衆が突撃してきて、むらがる敵中に焙烙火矢を投げこむ。

閃光《せんこう》、地響きがあいついで起こり、一揆勢は潰走《かいそう》をはじめた。

「敵は後巻きの人数がきたぞ」

「ここにいたら、皆殺しにされる。逃げよ、逃げよ」

万余の一揆勢が、激しい銃撃と焙烙火矢の雷のような音に追いたてられ、石山本山の方角へ、土埃《つちぼこり》をあげ逃げ去ってゆく。

根来衆は、一揆勢が潰走したのち、土煙をあげ、道明寺へ急いだ。

監物は、おきたの遺骸《いがい》を馬の背に乗せ、手綱を曳《ひ》いていた。

――おきたが死んだら、わいはもうこの世に未練はないろう。どこぞの戦で死んで、あの世でおきたに逢《あ》うまでや――

監物は馬背に身をまかせ、揺られながら心にくり返していた。

根来寺に戻った監物は、おきたを埋葬したのち、酒に溺《おぼ》れる日を送った。

もう彼女に二度と会えない現実を、どうしても納得できない。

――わいは、また合戦に行く。ひとりで出ていて、ひとりで死ぬんや――

どこかの戦場で陣場借りをして、ただひとりで十六匁玉筒を操り、死んでいこうと監物は心に決めていた。

二十

天正四年（一五七六）の初夏、織田勢は本願寺勢を石山本山に追いこみ、数万の大軍で包囲していた。たびかさなる激戦で、将士の損耗は甚大であったが、三十カ国を超える分国から新手の兵を繰りだささせ、石山本山を兵粮攻めにする、長囲の作戦に切りかえたのである。

信長は尼崎、吹田《すいた》、花隈《はなくま》、能勢《のせ》、大和田、三田《さんだ》、多田、茨木、高槻、有岡に十塁を築き、現在の兵庫県南東部から大阪府北部へかけての地域を完全に支配下に置いた。門徒の陸上からの兵粮、弾薬搬入ルートを、完全に遮断するためであった。

南大坂、天王寺一帯の諸砦《とりで》の守備には、佐久間信盛、正勝父子、松永久秀の率いる大軍を置く。

住吉《すみよし》には和泉水軍の真鍋《まなべ》七五三《しめ》兵衛《べえ》と沼野伝内を駐屯させ、一向一揆の海陸からの襲撃にそなえていた。

信長は天正元年（一五七三）朝倉義景、浅井長政を滅ぼし、翌二年九月には長島願證寺に拠る一向一揆二万余人を壊滅させ、二万人の門徒を鏖殺《おうさつ》した。

天正三年五月には、長篠設楽原《ながしのしだらがはら》の合戦で世界陸戦史上かつてない大銃撃戦をおこない、武田勝頼の軍団を撃破した。

信長は余勢を駆って大坂石山本山に猛攻を仕懸け、翌年五月初旬から六月五日までの一カ月の戦いのあと、安土へ帰城した。

天正四年五月八日付の「言継卿記《ときつぐきょうき》」には、つぎのように記されている。

「南方（摂津方面）より右大将（信長）注進たびたびこれあり。大坂城西木津の城敗北云々《うんぬん》。一揆一万ばかり討ち捨て云々。もっとも大慶大慶。なおなお大坂の城攻めらるべきなり。下間刑部卿《しもづまぎょうぶ》（頼廉《よりかど》）、雑賀《さいか》の孫一討ち取り云々。

この両人大坂の左右の大将也。珍重珍重」

下間頼廉、雑賀孫一が討ち取られたのは、虚報であった。

その頃、毛利輝元は本願寺へむける兵粮船六百余艘《そう》に米麦を満載し、軍船三百余艘に警固させ、淡路岩屋にむかわせていた。

輝元麾下《きか》の水軍は、児玉内蔵太就英《くらたなりひで》、村上少輔《しょうゆう》元吉、小早川《こばやかわ》水軍は乃美兵部宗《のみひょうぶ》勝が、指揮を執《と》った。

信長は毛利水軍の動向を五月なかばに得て、淡路水軍の頭領安宅信康に、つぎの書状を送った。

「中国より大坂へ、船手を以《もっ》て兵粮等を入れ置くべきの旨、風聞に候。事実に於《おい》ては、当国の関船《せきぶね》を出し、追い落さるれば、もっとも以て粉骨たるべく候。なお三好山城守申すべく候也。

謹言。

五月二十三日　朱印

安宅甚五郎殿」

安宅信康は、紀伊熊野水軍の頭領である紀伊安宅氏の分流で、淡路、洲本の城主であった。信康ははじめ石山本願寺に味方していたが、信長の勢力が強まってきた元亀《げんき》三年（一五七二）からのち、織田方に服属した。

安宅水軍は、安宅船《あたぎぶね》といわれる浮城のような大軍船を多数所有していた。

安宅信康はこの時期、信長のために積極的に働く動きをあらわさなかった。雑賀衆の強大な火力の掩護《えんご》をうける毛利水軍と戦えば、敗北するに違いない実状を知っていた。瀬戸内海賊のうち、織田方に加勢しているのは、塩飽《しあく》七島に根拠地を置く一党だけである。

他は、毛利水軍の圧倒的な威力を知っているので、信長になびかない。

毛利の船団九百艘が、淡路岩屋に集結したのち、本願寺へむかう作戦を開始したのは、七月十二日であった。

船団は大坂湾を南へ横切り、和泉貝塚（大阪府貝塚市）で雑賀鉄砲衆と合流し、十三日午後に、木津川河口に近づいてきた。

河口には、真鍋七五三兵衛、沼間伊賀守、同越中守、小畠大隅守《おおすみのかみ》ら織田水軍が、大安宅船十艘に井楼《せいろう》を構え、たがいのあいだを太綱でつなぎ、無数の大鉄砲と大筒をはりねずみのように装備し、迫ってくる毛利の大船団を待ちかまえていた。

安宅船は、海上の関所のような役割をするため、関船と呼ばれた。十艘の関船が横列にならび、木津川河口を塞《ふさ》ぐ周囲には、矢玉を防ぐ掻楯《かいだて》をたてつらねた、小型の囲い船が、三百艘ほど魚鱗《ぎょりん》の陣形をつくっている。

主将真鍋七五三兵衛は、瀬戸内海の真鍋島から和泉に移住した海賊であるが、にわかに編成した水軍の兵士たちは、おおかたが海戦の経験を持たない足軽勢であった。

津田監物は、真鍋七五三兵衛の大安宅船に、三百匁玉筒の撃ち手として乗り組んでいた。

彼は大筒の射撃に熟練していた。海戦では井楼から敵の船中を見下ろし、三百匁玉を撃つ。狙うのは船腹の吃水《きっすい》線と舳先《へさき》である。その部分は防備が薄く、撃たれるとたちまち破壊され、浸水し、操船の自由が失われる。

監物は、七五三兵衛とは昔なじみである。七五三兵衛は、動揺する船のうえで大筒を発射するためには、監物が得がたい砲手であると高く評価していた。

歴戦の古つわものである二人は、たがいを信頼しており、本心を打ちあけあった。

七五三兵衛と監物は、七月十三日の夕刻、沖合十町のあたりに碇《いかり》を下ろしている毛利の船団を眺めながら、夜風が陣幕をひるがえし涼しく吹き抜ける井楼のうえで、酒をくみ交わした。

「監やんも変り者じゃなあ」

七五三兵衛は潮灼《や》けのしたいかつい顔に皺《しわ》をよせ、笑みを見せた。

「何でよう」

「儂《わし》の船に乗り組んだら、十のうち八、九は死ぬと決まっとるじゃろうが。儂も毛利と雑賀の水軍に勝てるとは思うとらんぞ。たんだ意地で船戦《ふないくさ》をするだけじゃが。監やんも、それぐらいのことは分っとろうが」

監物は表情を動かさず、答えた。

「そげなことは、承知のうえじゃ。わいもお前と同様に、死ぬ覚悟決めてるんじょ」

七五三兵衛は、ふくみ笑いを洩らす。

「監やんは、おきたどんが死によったけえ、生きていとうはないのか」

「まあ、そんなとこよ」

「女子は、ほかにいくらでもおるじゃろうが。新手《あらて》と暮らしゃよかろうに。いまこがあな無理な戦に頭つっこみようて、死ぬこたあないんじゃ。いまから下りて、根来へ戻りんさい」

監物は首をふった。

「お前《ま》んのいう通り、ほかの女子を抱くのもよかろうが、わいはそろそろ鉄砲放をやって殺生つづけるのに、飽きてきたんよ。まだ眼は霞《かす》んでないし、歯ぁも抜けてないが、いくら生きてておんなしことのくり返しじゃ。ここらであの世へ逝くのもわるないと思てきたんや。毛利との船戦も、負けと決まったもんでなかろがえ。

さして惜しい命でもないさけ、惜しみなしに使おらよ。ひょっとひたら、勝てるかも分ろまいが」

七五三兵衛はうなずく。

「ええこというてくれらあよ。監やんがいてくれるおかげで、儂ゃ百人力じゃ。敵が押ひてきても、おとろしゅうはないぞ」

「生れるときも、死ぬときも、あっあっあっと思ううちのことよ。女子が子種はらむのも、あっあっあっと思ううちやろが」

二人はにぎやかに笑い声をたてた。

大安宅には、およそ七百人の軍兵が乗り組んでいた。戦支度はすでにととのっている。船中では翌日の血戦にそなえ、士気を盛りあげるための酒盛りが、たけなわであった。前日まで遊女たちが船に乗りこんでいたが、いまは陸にあがり、汗のにおいを放つ男ばかりが褌《ふんどし》ひとつの裸で酔い、踊り、海へ飛びこんで泳ぐ者もいた。

監物が聞いた。

「七五三《しめ》やん、大安宅をば十艘も綱でつないで、まわりを小早《こばや》で守らせる戦法は、あんまりええとは思えんがのう。敵の寄せかたしだいで、陣形を変えなんだらいかんやろが」

「そのことは、儂も承知しとるんじゃがのう。どの船も、船長《ふなおさ》から下働きの水主《かこ》まで、おおかたが海へ出たこともない者ばかりじゃけえ、ひとかたまりになっとらにゃ、どうにもおえんのよ」

「そうかえ、そら仕方ないのう」

監物は船戦にくわしくはないが、敵のそなえに従い、こちらも策を立て、臨機応変の戦法を考えねばならないということは知っている。

敵の船団が押し寄せてきたときには、待ち伏せをする船を出し、その弱点を攻撃せねばならない。

敵が順風を背に、潮の流れに乗って攻めてきたときは、潮が変るまで港から離れる必要がある。監物はいう。

「敵の攻めかたで、いっち怖ろしのは火船《かせん》じょのう。港口にじっとひてたらまともに火船にやられてしまうろう。いったん外海へ出て、難を逃れなんだらあかんのと違うかえ」

火船とはボロ船に山のように木や枯草を積み、油をかけて火をつけ、燃えあがると潮の流れに乗せて敵の船体に衝突させることである。

衝突すれば、燃えあがる船体は、敵船にもたれこみ、突きはなそうとしてもはなれず、敵船はついに炎上するのである。

「まあ、味方は魚鱗の構えといえんこともないさかい、大敵にむかうのに悪いかたちでもないのう」

監物はいいつつ、おそらく味方は全滅するだろうと予測した。

木津川口を封鎖するためとはいえ、陣形を固定させてしまえば、こちらよりはるかに強力な敵の攻撃をかわす手段は、なくなってしまう。

味方にとって有利なことは、四十挺の櫓を使う高速の小早船が、三百艘もいることであった。

小早船が変幻自在の戦闘をすれば、九百艘の毛利の大船団と互角の戦いができるかも知れなかった。

遠浅の沖合に碇泊《ていはく》している毛利勢は、大船のまわりに篝筏《かがりいかだ》を浮かせていた。篝筏とは、一尺五寸（約四十五センチ）四方の板のうえに薪《まき》などを積みあげ火を燃やすものである。

筏には縄をつけ、船の舷《ふなばた》にくくりつけ、流れ去ってしまわないようにしておく。

七五三兵衛が聞いた。

「監やん、雑賀の水軍は焙烙火矢を、よう使うそうじゃなあ」

「うん、あれは頭のうえではじけるさけ、ばら玉をまき散らされたら、どうにもならん。死人、怪我人が大勢出ると思うとかんならんのう」

監物は雑賀衆が三十匁玉筒の筒口に焙烙火矢の柄をさしこみ、鯨取りの銛《もり》を投げあげる要領で空へ発射すると、それが反転して敵の頭上へ落ちてくる途中、爆発してばら玉を四方へ噴出させる威力が、おそろしいものであることを、知りつくしていた。

監物も焙烙火矢射撃の名手であった。

彼は夜空の星を見あげ、おきたに胸のうちで話しかけた。

――もうじきや。明日の朝にゃおんしゃのいてるとこへ、わしも逝くさけにのう。待っててくれ――

夜が明けると、西風が吹きはじめ、海が荒れてきた。大安宅の井楼にいると、ゆっくりと左右に船体の揺れるのが分った。

「敵は、間なしに寄せてくるろう」

追い風を負った毛利水軍は、いまのうちに勝負を決めてしまおうと、あわただしく攻撃の陣形を組みはじめていた。

拍子木を打つ音が減り、水主たちが荷物を運ぶ伝馬《てんま》舟をやかましく呼んでいる。

いよいよ攻めてくると、監物は判断した。

味方は木津川口に大船十艘を一列に並べてたがいに結びあわせ、大碇《おおいかり》を船首と船尾に下ろし、船底には石を積みこみ、動揺をとめている。

船と船のあいだには渡し板を留め金で打ちつけて並べ、楯《たて》を垣のようにつらね、鉄砲隊を配置していた。

このように船を固定する戦法は、敵から火船を流してくれば、すべて炎上してしまう恐れがある。そのため、火船に体当りする遊兵船を出し、海面すれすれに沈み綱を幾本も張っておくのである。

だが、敵が火船を数多く出してくれれば、その攻撃を防ぎきれなくなる。

毛利勢は太鼓を打ちながら、攻撃をはじめた。まず雑賀衆が乗った高速の小早船が、飛ぶように接近してきて、織田勢の小早船と入り乱れて戦いはじめた。

雑賀衆はやはり絶え間もなく織田勢の船中に焙烙火矢を撃ちこみ、吃水線を三十匁玉筒で破壊し、片端から沈めてゆく。

たがいの操船能力があまりにも違うので、味方の小早船ばかりが死傷者をふやし、舵《かじ》を砕かれ漂流し、浸水して沈んでゆく。

生き残った軍兵は十艘の大安宅船に乗り移ろうとせず、岸辺へむけ泳いでゆく。

監物が叫んだ。

「きたろう。火船や」

油をかけた薪《たきぎ》を山のように積んだ火船が、沖合から風に乗って流れてくる。

海中の沈み綱は、小早に乗った雑賀衆が切り払っていた。

監物は流れ寄ってくる火船を、三十匁玉筒で狙撃《そげき》し、吃水線に浸水させ、沈没させる。

だが、火船は百艘を超える数であった。燃えながら迫ってくる火船に衝突された味方の安宅船は、たちまち煙硝樽《だる》に引火し、爆発する。消火に駆けまわる水主たちの頭上で、焙烙火矢がはじけ、悲鳴、叫喚がわき起こる。

監物は三百匁玉筒で小早船を砲撃する。命中するとたやすく沈没するが、数挺の大筒では敵の攻撃をくいとめることはできない。横列に展開した十艘の安宅船が、七艘まで沈められたとき、真鍋七五三兵衛、沼野伝内は、監物にいった。

「監やん、儂らは綱を切って沖へ出て敵の安宅に体当りして沈むけえの。お前は下りてくれ」

「何をいうてるんや。儂は一艘でも敵の大船を沈めて、お前らといっしょに死ぬんじゃ。さあ、行こら」

監物たちの乗る安宅船は、八十挺の櫓を使い、沖合に動きはじめた敵の主力船団にむかい漕《こ》ぎ寄せてゆく。

前途をふさごうとする雑賀の小早船を、監物は今度は三十匁玉筒で撃つ。沖へ五町ほど出たとき、船体が地震のように震えた。雨のように降る焙烙火矢の攻撃で、煙硝樽に火が入ったのである。

「監やん、お前は生き残って、儂らの仇《かたき》を討ってくれ」

七五三兵衛は、三十匁玉筒を槊杖《かるか》で掃除している監物の腰を突きとばした。監物は水中に落ち、浮きあがるといままで乗っていた安宅船が炎上しながら櫓を動かし、沖へむかってゆく。

「待てえ、待たんか」

監物は叫びながらあとを追うが、引きはなされていった。彼は歯嚙《はが》みしつつも、波上にただよう板切れを抱き、岸辺へ戻っていった。


半日の海戦で、織田水軍は全滅した。

真鍋七五三兵衛、沼野伝内以下、歴々の将領はことごとく戦死し、二千余人が討ち取られる大敗北を喫した。

毛利勢は本願寺へ兵粮を運びいれ、補給路をひらいた。織田水軍全滅の報をうけた信長は、大坂へ急行し、石山本山に総攻撃を仕懸けようとしたが、思いとどまった。無理に攻めかけたところで、雑賀衆の火力のまえに戦死者の山を築くばかりであると考えたためである。

信長は生還した監物に意見を聞いた。

「そのほうは、大坂表の海を押さえし毛利が船手を追い払うには、いかなる手だてを使うなればよしといたすかのん。勘考するところあらば、申してくれい」

　監物はよどみなく答えた。

「そうやのし。わたいは水軍で働いたことはありませへん。そやさけ船戦のことは海賊衆にお尋ねなはったほうがよかろうのし。ただ、わたいが仲のええ朋友《つれ》やった七五三兵衛を眼のまえで死なひてしもたのは、いかにも残念なことやよし。そやさけ、思いつくことを申しあげさひて頂きますら」

「うむ、そのほうが存念を隠さず申せ」

　監物は、大坂湾の絵図面を畳にひろげ、語りはじめた。

「毛利の水軍は、大坂一帯の海辺を平均《へいぎん》ひて、明石と淡路の岩屋に番所を置いたらしいさけ、お味方が三河から伊勢路一帯の水軍を駆り集めなはったところで、とても勝負にはならんよし。毛利はいざとなったら千艘の軍船を繰りだしてくるさけ、味方は熊野から大坂まで押ひ出してくるまでに、おおかたやられてしまうのし。味方は鳥羽、熊野の水軍を集めても、三百艘がせいぜいやろのし。

　船戦になったら、数はすくないし、大坂から淡路へかけての潮の動きが、よう分らんさけ、敗けるに違いなかろよし。もし勝てるとすりゃ、たったひとつ、燃えん船をこしらえることやのし」

信長の眼がするどくなった。

「燃えぬ船とは、いかなるものでや」

「総矢倉造りにひて、三十匁玉筒、大筒をいっぱいに積みこんだ、大安宅船よのし。船の外板はすべて、火船に打ち当られても凹《へこ》んだり割れたりせんほどの厚さの、鉄板で覆うてしまうのよし」

信長は膝を乗りだし、怒っているような口調になった。

「総矢倉造りの大安宅に、大鉄砲、大筒を積めるだけ積み、外板を鉄で囲うてしまえば、頭重《ずおも》りがいたし、海を渡れぬであろうが」

「それは、船底に切石を敷きならべ、漆喰《しっくい》で練りかためたら、よかろのし」

信長はしばらく考えたのち、答えた。

「あい分った。どれほどの大安宅を幾艘こしらえなば、千艘の兵船と船戦をいたして、勝てようかのん」

「そうやのし。船の艫《へ》は箱造り、総矢倉は二階造り、弓、鉄砲狭間《はざま》は三段に設け、その上に三層の天守を置くかのし。外板の上に張る鉄板は、一分（約三ミリ）はなけら、いけまへん。そげな船なら、まず三千石。

一艘に三十匁玉筒五十挺、前矢倉には五百匁玉を超える大筒三挺を置いた大安宅が、すくのうても六艘いるやろと存じまするよし。それやったら、千艘の敵船と戦うて勝てよかえのし」

「あい分った。そのほうは儂について安土へ参れ。早速に鉄船をこしらえる相談をいたすほどにのん」

監物は安土城山下《さんげ》の佐々成政屋敷の長屋に住むことになった。

信長は安土城に帰ると、伊勢水軍の頭領九鬼嘉隆《くきよしたか》と船大工棟梁《とうりょう》衆を呼び寄せ、連日鉄船建造の段取りを打ちあわせた。

九鬼嘉隆は、はじめはヨーロッパ人でさえこしらえたことがないという、総鉄張りの大安宅船を建造するのは、航海を知らない素人の妄想にすぎないと一笑に附した。

だが信長は、織田天下政権を維持するために、どうしても鉄船をつくらねばならないと判断した。

監物は連日、安土城へ登城し、九鬼嘉隆、船大工棟梁衆とともに評定の座につらなった。ひと月のあいだに模型をいくつとなくこしらえ、琵琶湖に浮かべ改造することをくり返し、ようやく構想を実現にもちこむめどをつけた。

信長は、いままで二百匁玉より大口径の大筒をこしらえたことのない国友鍛冶《くにともかじ》一統に、一貫匁玉筒張り立ての厳命を下した。不可能であるといえば、どのような処断をこうむるか知れない。

信長は九鬼嘉隆に聞いた。

「船をこしらうる日数は、どれほどでや」

「恐れながら、前代未聞の船なれば、海に浮かべ走らするまでは、しかとご返答を申しあげかねまする」

「およその日数の見当はつこうがや」

「ならば、まず三年と思《おぼ》し召されませ」

「三年では間にあわぬだわ。一年前にて仕上げよ」

信長の下命に、言葉を返すことはできない。意向にさからえば、破滅の運命が待っているだけである。

前矢倉に一貫匁玉筒三挺、両舷《りょうげん》に三十匁玉筒を装備し、六艘に五千人が乗り組む巨大な鉄船を建造するため、九鬼一族は全力をあげることになった。

天正五年（一五七七）二月九日、信長は紀伊雑賀衆討伐のため上洛。十三日に京都を進発した。近江、伊勢、五畿内《きない》、越前、若狭、丹後、丹波、播磨《はりま》の諸軍勢六万を率い、十七日には和泉貝塚で、信長に協力する根来杉ノ坊と、雑賀五緘《ごからみ》のうち、あくまでも信長に対抗する雑賀荘、十カ郷をのぞく三緘の年寄衆が挨拶にきた。

現在の和歌山市のほぼ全域を勢力範囲とする雑賀門徒を討ち滅ぼさねば、石山本山を降伏させられないと見た信長が、ついに雑賀荘攻撃に兵を動かしたのである。

雑賀門徒七千人は、熟練した鉄砲放であった。監物は織田勢の雑賀攻めの人数が五万であると聞くと、雑賀荘と十カ郷が陥落することはないと思った。

彼は根来からともなってきた二人の家来に、内心を洩《も》らした。

「いま、雑賀衆を根絶やしにするつもりなら、まあ十万の人数で押していかな、どうにもなろまいかえ。五万や六万なら、引き分けやなあ」

紀州攻めは、監物の予想の通りになった。雑賀攻めは、三月十五日に信長が雑賀年寄衆に赦免状を与え、いちおう降伏させた体裁をとったが、何の制裁も加えられず、かえって兵站線を雑賀衆に夜襲され、いたたまれず佐野（大阪府泉佐野市）に戻った。

雑賀荘では、敗北したのは織田勢であるとして、戦勝祝賀をおこなった。

信長は六月になって、安土山下町への掟をさだめた。山下とは、城下町のことである。

全十三カ条に及ぶ掟の第一条は、楽市《らくいち》の規定である。諸座（組合組織）を認めず、諸税も課さず、自由な通商を許すという規定であった。

第二条は、中仙道、琵琶湖浜街道を通行する商人を、すべて安土城下に宿をとらせ、泊らない者は通行を禁止する。

第九条には、他国者、他人の家来といえども、安土に住めば、まったく差別しないと記されていた。

織田軍団は、北陸、中国に忙しく転戦し、信長に背いた松永久秀は、天正五年十月十日、信貴山《しぎさん》城で織田勢の重囲に逃れるすべもなく腹を切った。彼は織田水軍が毛利勢に全滅させせられたので、ひそかに本願寺、上杉、毛利と手を組もうとしているのを信長に探知されたため、自滅を覚悟で背いたのである。

監物は安土城下と伊勢大湊《おおみなと》（三重県伊勢市）の鉄船建造現場を往復し、上棚《うわだな》、総矢倉に一貫匁玉筒十八挺《ちょう》、三十匁玉長銃三百挺の取りつけに寝食を忘れていた。

――おきたよ、お前を殺ひた一向一揆の奴らに、泡吹かひちゃるさけにのう。

見てよし――

国友鍛冶がはじめて製作した一貫匁玉筒は、見事な出来ばえであった。鉄砲から類推しただけで、見本もないままに、測距儀、照準器まで完備し、砲身を左右に動かす回転架台もついている。

一貫匁の焼玉《やけだま》をくらった敵の大安宅船は、一発で火災を誘発されるに決まっていた。

毛利水軍は、長年月のうちに海戦の定法《じょうほう》をつくりあげていた。長篠合戦のとき、武田勝頼が扶桑《ふそう》(日本)随一といわれた騎馬軍団の指揮法を確立していたのと同様である。

鉄壁のように強固な彼らの戦法が、瓦礫《がれき》のように崩れ去るのは、それまで経験したことのない新兵器との戦いにのぞむときであると、信長は見抜いていた。

監物はいう。

「信長という旦那は、やっぱり偉いお人やなあ。どない戦うたところで負けると見きわめつけたときは、誰も思いもつかなんだ新しい兵具をこしらえて勝とうとするさけにのう。あれに勝てる者は、ほかにゃいてへんのう」

信長のつくりだした軍船は、当時世界の海を制覇したスペイン、ポルトガルにもなかった鉄船である。巨大な大筒が咆哮《ほうこう》すれば、毛利の大安宅船は粉砕される。

石山本願寺は七月八日、紀伊雑賀門徒につぎの書状を送った。

「急度《きっと》仰せ出され候。仍《よっ》て、信長より伊勢浦に於て大船を申しつけられ、近日紀州浦に差しのぼせ候由、注進候あいだ、そのこころがけをなし、その国の浦々に於てあい支うべきこと肝要に候」

大湊で最後の艤装《ぎそう》を急いでいた鉄甲船六艘は、大安宅船一艘を従え、六月二十六日に進水し、熊野浦から大坂へむかった。

監物は、海賊大名九鬼嘉隆と滝川一益の乗る、先頭の鉄甲船に同乗していた。

矢倉の荷重で横波をくらえば転覆する危険があると見られていた鉄甲船は、熊野灘《なだ》を乗りきり、七月上旬に紀州雑賀にあらわれた。

雑賀衆はおびただしい兵船をくり出し、焙烙火矢、焼玉を雨のように放ったが、すべてはね返され、舷側《げんそく》の長銃で吃水《きっすい》線を砕かれた百艘ほどが、沈められた。

七月十六日、船団は大坂湾に入り、木津川沖に碇泊《ていはく》して、石山本願寺と毛利水軍との連絡を遮断した。

「多聞院日記」七月二十日のくだりに、つぎのようにしるされている。

「堺浦へ近日伊勢より大船とどのいつく。人数五千ほど乗る。横へ七間、縦十二、三間もこれあり。鉄の船なり。鉄砲通らぬ用意、ことごとしき儀なり。大坂へ取り寄り、通路停むべき用と云々《うんぬん》」

鉄船を見物にくる群衆は海辺に黒山の人垣をつくり、露店が道端につらなった。イエズス会巡察師オルガンチーノは堺湊へ鉄船の見物に出かけ、ルイス・フロイスにつぎの書信を送った。

「昨日日本の重要な祭日（盆会《ぼんえ》）に、信長のフネ七艘が堺に到着した。右は信長が伊勢で建造した、日本でもっとも大きく華麗なもので、王国（ポルトガル）の船に似ている。

私は堺に行き、これを見てきたが、日本でこのようなものが建造できたことにおどろいた。（中略）船には大砲三門を装備しているが、それがどこで調達されたものか、見当がつかない。（中略）私は鉄船に乗ってこの大砲の装置をくわしく見てきた」

当時、二、三ミリの厚みの鉄板で装甲された軍船は、世界のどこにもなかった。

鉄甲船が木津川河口を封鎖したので、石山本願寺は、ふたたび深刻な食料不足になった。ついに十一月六日、毛利の兵船六百余艘が鉄甲船撃滅のため、海戦を挑んできた。

織田水軍の小早船数十艘、大安宅船一艘はたちまち火を発し、海岸へ後退していった。六艘の鉄甲船は、毛利方の火船に八方から衝突され、黒煙に包まれ、陸岸から見えなくなった。

だが九鬼嘉隆は鉄甲船の天守で、機をうかがっていた。

「いまやよし」

監物が叫び、舷々《げんげん》あい摩すに至るまで迫った毛利の大安宅船にむかい、三門の大筒をつづけさまに放った。敵船は帆柱を打ち折られ、船腹に大孔《おおあな》をあけられ、見る間に傾いてゆく。

六艘の大筒、長銃がいっせいに火を噴きはじめると、彼我の形勢は一挙に逆転した。

毛利勢は、指揮官の乗る大安宅をあいついで撃ちやぶられる。

「さあ行け。いまじゃ」

鉄船が沖へむかい漕《こ》ぎ進んでゆくと、毛利勢はもろくも陣形を崩し、沖合へ退避してゆく。敵の小早船は、かたはしから撃沈され、怖れて近寄らない。

やがて退却を指示する鉦《かね》が鳴りはじめ、毛利の大船団は昼過ぎになって、いっせいに明石《あかし》の方向へ退却していった。

監物は天守の最上階に立ちはだかり、九鬼嘉隆とともに、四方の形勢を観望していた。

毛利の大安宅船は、三十艘ほども煙を噴きあげ、傾いている。

「大勝ちゃのし」

監物が笑顔をむけたので、九鬼嘉隆はうなずき返した。そのとき、ブヒョ、と鉄砲玉の擦過音が聞え、嘉隆は身を伏せる。

監物はうつ伏せていた。彼のかぶっている雑賀冑《ばち》がゆがみ、血があふれ出てくる。三十匁玉を頭にうけたのである。

「しっかりせい。監物」

嘉隆が声をかけたが、もはや答えはなかった。日本に火縄銃をもたらした監物は、銃弾によって生涯を終えた。

解説

末國善己
（文芸評論家）

津本陽の歴史小説には、いくつかの柱がある。一つ目は、剣道の有段者で武道に造詣の深い津本が、その経験を活かしてリアルな剣戟《けんげき》を描いた『明治撃剣会』『薩南示現流』『剣のいのち』などの剣豪小説である。二つ目は、津本の故郷である和歌山県（紀州）を舞台にした作品で、古式捕鯨を題材にした直木賞受賞作『深重の海』などがある。三つ目は、『下天は夢か』『大わらんじの男　八代将軍徳川吉宗』『龍馬』など最新の歴史研究をベースにした歴史小説である。

これらは一つだけでも面白いのだが、すべてのエッセンスが同時に楽しめる贅沢な作品がある。それが、大海賊・王直の配下になった源次郎が、故郷の紀州雑《さい》賀《か》の鉄砲衆を率いて大陸で暴れ回る『天翔ける倭寇』、信長と石山本願寺の戦いを、紀州雑賀衆の頭領の三男・七郎丸の成長を軸に追った『雑賀六字の城』など戦国時代の鉄砲を描く作品である。一撃必殺の狙撃から鉄砲隊が緻密な戦術で敵の大軍を翻弄する合戦シーンまで、迫力のガン・アクションが連続するところは武道ものの興奮があるし、紀州出身の主人公が、故郷の文化や伝統を大切にしているところは、同郷である津本の郷土愛もうかがえる。また現代人が考えているより進んでいた戦場における鉄砲の運用法を丁寧に描くことで、戦国の歴史を読み替えるところは、新解釈が連続する骨太の歴史小説となっている。

津本の鉄砲ものの中でも代表作といえるのが、紀州の根来寺の僧兵に、鉄砲の名手ばかりの部隊を組織した津田監物を主人公にした『鉄砲無頼伝』である。

一五四三年。監物は、根来寺の僧兵の中でも最強の杉ノ坊の頭領である兄・覚明の依頼で、種子島に伝わったばかりの鉄砲を買い付けるため現地に向かう。種子島で鉄砲の威力を目の当たりにした監物は、鉄砲の製造を始める。やがて鉄砲の大量生産に成功し、戦場における鉄砲の効率的な戦術も編み出した監物は、根来衆を戦国最強の傭兵に押し上げていく。その頃、足利義輝が室町幕府の将軍になっていたが、実質的な政権運営は京を支配する三好長慶が行っていた。『鉄砲無頼伝』は、長慶と敵対する畠山家に雇われた監物率いる根来衆が、三好軍と激突する場面がクライマックスとなっていた。特に監物たちが、「鬼十河《そごう》」の異名を持つ三好家の家臣・十河一存の部隊と戦うところは圧巻である。

紀州には、やはり鉄砲を得意とした傭兵集団・雑賀衆があり、司馬遼太郎は、その雑賀衆のリーダーだった雑賀孫市を主人公にした『尻啖《くら》え孫市』を書いている。『鉄砲無頼伝』では根来衆が雑賀衆のライバルとされているが、この設定自体が、津本による『尻啖え孫市』への挑戦状のようにも思えた。

津本作品の中でも傑作と名高い『鉄砲無頼伝』の続編となるのが、本書『信長の傭兵』である。前作の冒頭、種子島に渡った時は三十過ぎだった監物も、一五五九年から始まる本書では、当時なら老齢の五十近くになっている。

戦国時代の傭兵と聞くと、数人から数十人の小部隊をイメージしがちだ。ところが根来衆は、五千人なら簡単に動員できたので、小大名並の兵力を保持していたといえる。高価な鉄砲と火薬を数多く揃え、戦略戦術にも長けた根来衆を雇うには莫大な費用がかかったが、その対価に見合う活躍をしたので依頼は途切れなかった。本書の中盤以降、根来衆は、軍事も内政も天才的な織田信長に雇われ、歴史のキャスティングボートを握るまでになっていくのである。

二〇一一年から始まるリビア内戦、二〇一四年のウクライナ内戦といった現代の紛争地域には、大国の依頼を受け、欧米に本拠を置く新形態の傭兵組織・民間軍事会社が最前線に投入されたとされる。国家への忠誠でなく、純粋にビジネスとして戦争を請け負うところ、組織が持つ軍事的なスキルが国際政治を左右しかねない状況になっているところなど、民間軍事会社と根来衆には共通点も多い。〝歴史は繰り返す〟といわれるが、戦国時代の合戦に革新をもたらした根来衆を知ると、戦争の形態が変わりつつある現代の状況も見えてくるのである。

本書は、一五六〇年、畠山高政の依頼を受けた根来衆が、前作からの因縁である三好家と戦うところから大きく動き出す。三好家には後に、齋藤道三、宇喜多直家と並ぶ〝戦国の三大梟雄《きょうゆう》〟の一人に数えられる策士・松永久秀もいて、歴戦の監物も苦戦を強いられる。冒頭から、敵を一人また一人と殺していく狙撃、鉄砲三百挺を使って間断なく射撃を続ける有名な三段撃ち、監物が刺客と刃を交えるチャンバラ、さらに攻城戦、海戦などが続くので、まさにノンストップ・サスペンスとなっている。監物が、鉄砲五百挺、槍二百本を連携させ、河内の高屋城に後巻き（救援）へ向かうところが、前半のクライマックスとなっている。

戦国時代の鉄砲は、高価な割りに、雨が降ると火縄が濡れて使えず、弾込めにも時間がかかったので、有効性を疑問視する武将も多かった。ただ本書を読むと、雨が降ると使えないというデメリットは早くに解消されていたし、水で濡らした半紙を挟んで二発分の弾と火薬を仕込むことで連射を可能にするなど、弾込めにかかる時間を短くする方法も様々に考えられていたことが分かる。

鉄砲で撃つ弾も、丸くした鉛製だけでなく、玉子の白身を何遍も塗っては乾かす厚物撃ちの玉は南蛮鉄の胴も射貫き、鉛を鋳型に流し込んだ後に、真ん中に笹の葉を入れ、撃ったら二つに割れる割り玉と三匁五分の玉を紐で四、五十個つないで大筒で撃ち出す千人殺しは現代の散弾銃を彷彿させるなど、バリエーションに富んでいたのだ。鉛弾も現代の弾丸より貫通力が弱そうだが、体内に入ると変形し殺傷力を高めていたという指摘にも、驚かされた（これは銃弾の先端を凹ませ、体内の損傷を大きくする現代のホローポイント弾と同じ原理である）。

海外から入ってきた鉄砲という最新テクノロジーを、短期間で自家薬籠中のものとし、さらに独自の工夫で高性能化した監物たちは、〝もの作り立国〟日本の源流の一つといえる。そして前作が、若き経営者である監物が、いち早く目を付けた新技術でベンチャー企業を大きくする成長の物語だったとするなら、鉄砲に対する洞察力に優れ、卓越した政治手腕を持ち、何より根来衆を雇うのに金に糸目を付けない信長を認めた監物が、信長とその家臣に（本当の秘伝こそ教えなかったが）射撃のコツを教えていく本書の中盤以降の展開は、どのようにすれば技術や経験を後世に伝えられるかをテーマにしたといえるだろう。

団塊の世代の一斉定年退職が近くなった二〇〇〇年代に入ると、高度経済成長を支えた団塊の世代のノウハウを、誰がどのように継承するかが議論された。ただ結論が出ないまま少子高齢化による人手不足が進み、特に中小企業では、高い技術力を持っているのに、それを継承する若手がいない現状が深刻な問題になっているようだ。団塊世代の一斉定年が現実味をおび始めた時期に発表された本書には、〝もの作り立国〟を支えた技術が、ベテランから若手にうまく継承されて欲しいとの願いが込められていたように思えてならない。

信長の下で戦い始めた監物は、美濃攻略戦における洲俣の砦の建築、金ケ崎の退き口、雑賀衆を味方にした石山本願寺との戦いと、激戦の地を転戦する。信長と鉄砲といえば、武田家に勝利した長篠の戦いが有名だが、それ以外の戦いも鉄砲を軸に読み替えると今までにない形になっているので、たとえ結果を知っていても、スリリングな展開が楽しめるはずだ。

本書は作中で約二十年の時が流れるので、監物は物語の終盤では七十歳近くになっている。ただ最前線で命のやり取りをするのが楽しく、仕事でも家庭でも支えてくれる年下の女おたきと充実の生活を送っている監物は、最後まで現役を貫く。監物の晩年は、仕事や恋愛も含め、どのような人生設計をすれば幸福な老後が送れるのか、そのヒントも与えてくれるのである。

初出（原題「鉄砲無頼記　第2部」）
「週刊小説」一九九六年八月十六日号から二〇〇一年九月二八日号、
「月刊ジェイ・ノベル」二〇〇二年四月号から〇三年六月号まで連載

本作品は小社より二〇〇三年九月に『続・鉄砲無頼記』として単行本が、〇六年九月に『信長の傭兵』に改題し、角川文庫より刊行されました。

実業之日本社文庫　好評既刊

津本 陽
鉄砲無頼伝
紀州・根来から日本最初の鉄砲集団を率い、戦国大名の傭兵として壮絶な戦いを生き抜いた男、津田監物の生きざまを描く傑作歴史小説。（解説・縄田一男）
つ21

荒山 徹
徳川家康　トクチョンカガン
山岡荘八『徳川家康』、隆慶一郎『影武者徳川家康』を継ぐ「第三の家康」の誕生！　興奮＆一気読みの時代伝奇エンターテインメント！（対談・縄田一男）
あ61

岩井三四二
霧の城
一通の恋文が戦の始まりだった……。武田の猛将と織田家の姫の間で実際に起きた、戦国史上最も悲しき愛の戦を描く歴史時代長編！（解説・縄田一男）
い91

中村彰彦
真田三代風雲録（上）
真田幸隆、昌幸、幸村。小よく大を制し、戦国の世に最も輝きを放った真田一族の興亡を歴史小説の第一人者が描く、傑作大河巨編！
な12

中村彰彦
真田三代風雲録（下）
大坂冬の陣・夏の陣で「日本一の兵（つわもの）」と讃えられた真田幸村の壮絶なる生きざま！　真田一族の興亡を描く巨編、完結！（解説・山内昌之）
な13

葉室 麟
刀伊入寇　藤原隆家の闘い
戦う光源氏――日本国存亡の秋、真の英雄現わる！『蜩ノ記』の直木賞作家が、実在した貴族を描く絢爛たる平安エンターテインメント！（解説・縄田一男）
は51

実業之日本社文庫　好評既刊

火坂雅志
上杉かぶき衆
前田慶次郎、水原親憲ら、直江兼続とともに上杉景勝を盛り立てた戦国の「もののふ」の生き様を描く「天地人」外伝、待望の文庫化！（解説・末國善己）
ひ31

池波正太郎、隆慶一郎ほか／末國善己編
軍師の生きざま
直江兼続、山本勘助、石田三成…群雄割拠の戦国乱世を、知略をもって支えた策士たちの戦いと矜持！　名手10人による傑作アンソロジー。
ん21

司馬遼太郎、松本清張ほか／末國善己編
軍師の死にざま
竹中半兵衛、黒田官兵衛、真田幸村…戦国大名を支えた名参謀を主人公にした傑作の精華を集めた、11人の作家による短編の豪華競演！
ん22

山田風太郎、吉川英治ほか／末國善己編
軍師は死なず
池波正太郎、西村京太郎、松本清張ほか、豪華作家陣による〈傑作歴史小説集〉。黒田官兵衛、竹中半兵衛をはじめ錚々たる軍師が登場！
ん23

司馬遼太郎、松本清張ほか／末國善己編
決戦！　大坂の陣
大坂の陣400年！　大坂城を舞台にした傑作歴史・時代小説を結集。安部龍太郎、小松左京、山田風太郎など著名作家陣の超豪華作品集。
ん24

火坂雅志、松本清張ほか／末國善己編
決闘！　関ヶ原
徳川家康没後400年記念　特別編集。天下分け目の大決戦！　火坂雅志、松本清張ほか超豪華作家陣が描く傑作歴史・時代小説集。
ん26

実業之日本社文庫 つ22

信長《のぶなが》の傭兵《ようへい》

2018年2月15日　初版第1刷発行

著　者　津本《つもと》 陽《よう》

発行者　岩野裕一
発行所　株式会社実業之日本社
〒153-0044　東京都目黒区大橋1-5-1
クロスエアタワー8階
電話［編集］03(6809)0473［販売］03(6809)0495
ホームページ　http://www.j-n.co.jp/
印刷所　大日本印刷株式会社
製本所　大日本印刷株式会社

フォーマットデザイン　鈴木正道（Suzuki Design）

ISBN978-4-408-55405-1（第二文芸）